FAKTASTISCH

GLEICHZEITIG SCHLUCKEN UND ATMEN IST UNMÖGLICH

FAKTASTISCH

GLEICHZEITIG SCHLUCKEN UND ATMEN IST UNMÖGLICH

DIE SPANNENDSTEN FAKTEN VON FAKTASTISCH

riva

Bibliografische Information der Deutschen Nationalbibliothek
Die Deutsche Nationalbibliothek verzeichnet diese Publikation in der Deutschen Nationalbibliografie; detaillierte bibliografische Daten sind im Internet über http://d-nb.de abrufbar.

Für Fragen und Anregungen
info@rivaverlag.de

2. Auflage 2020

Nymphenburger Straße 86
D-80636 München
Tel.: 089 651285-0
Fax: 089 652096

Herausgeber: Faktastisch
Faktastisches auf Facebook: https://www.facebook.com/faktastisch
Umschlaggestaltung: Laura Osswald
Umschlagabbildung: Shutterstock/Valery Sidelnykov, Shutterstock/Iakov Kalinin, Shutterstock/Nino Cavalier, Shutterstock/ InnaVar
Satz: Grafikstudio Foerster, Belgern
Druck: CPI books GmbH, Leck
Printed in Germany

ISBN Print: 978-3-7423-0301-1
ISBN E-Book (PDF): 978-3-95971-791-5
ISBN E-Book (EPUB, Mobi): 978-3-95971-790-8

FAKTASTISCH!

Wer eine Atomexplosion verursacht, muss laut dem Strafgesetzbuch mit fünf Jahren Haft und einer Geldstrafe rechnen.

In Flugzeugtoiletten müssen Aschenbecher vorhanden sein – trotz Rauchverbot.

Intelligente Menschen schlafen schlechter ein, weil ihr Gehirn so aktiv ist.

In London dürfen Ehefrauen nach 21 Uhr nicht geschlagen werden.

Bären haben eine Vorliebe für Bärlauch – was der Pflanze auch den Namen einbrachte.

Niemand hat jemals Pferde kotzen sehen - die Tiere können sich nicht erbrechen.

Der Begriff »Zombie« leitet sich vom Wort *nzùmbe* aus der afrikanischen Sprache Kimbundu ab und bedeutete ursprünglich »Totengeist«.

Eine Träne hat ein Gewicht von 15 Milligramm.

Katzenurin leuchtet unter Schwarzlicht.

5050 ist die Summe aller Zahlen von 1 bis 100.

Gustav Gans ist eine Ente.

Monster dürfen das Stadtgebiet von Urbana, Illinois, nicht betreten.

Die erste Website war http://info.cern.ch – sie wurde Weihnachten 1990 in Betrieb genommen.

Ein Schmetterling hat 12 000 Augen.

Im Königreich Bhutan darf ein jüngerer Bruder keinen Sex haben, wenn der ältere Bruder seine Unschuld noch nicht verloren hat.

Zwischen 65 und 81 Prozent der Menschen können ihre Zunge zu einer Rolle formen.

Das Nervengift Nikotin soll die Tabakpflanze vor Insekten schützen.

Das Gefieder von Flamingos ist rosa, weil die Tiere rosafarbene Krebse fressen.

Susi war der Name des Delfins, der Flipper spielte.

Frauen fallen seltener als Männer aus dem Bett.

Den unfreiwilligen Rekord im Kuhweitflug hält ein Tier aus Iowa: Die Kuh wurde 1962 vom Sog eines Tornados einen Kilometer weit mitgenommen.

In Brooklyn dürfen Esel nicht in Badewannen schlafen.

Bewerfen Frauen in Sibirien Männer mit Schnecken, zeigen sie damit ihre Zuneigung.

1933 starb der letzte Mohikaner.

Getränkeautomaten mit gekühltem Wasser gab es schon im Jahr 100 n. Chr. in Alexandria.

Prostitution ist nicht das älteste Gewerbe der Welt – das Gewerbe der Fernhändler und das der Spione gab es schon vorher.

Britische Soldaten können ihre Unterhosen bis zu 3 Monate tragen – die Wäsche ist antibakteriell behandelt.

Das Ungeheuer von Loch Ness steht seit 1934 unter Naturschutz – für den Fall, dass es tatsächlich existiert.

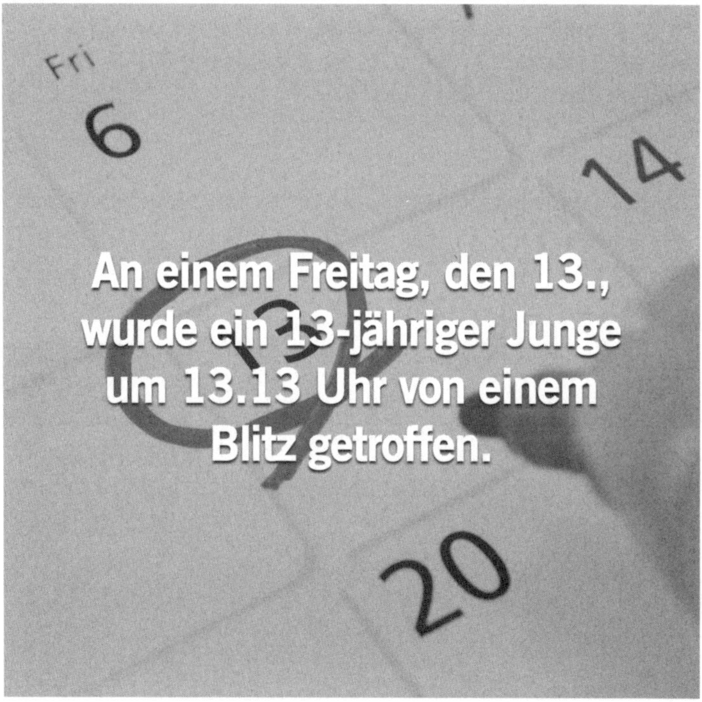

Das Pfeifen unter Wasser ist in Florida verboten.

Kyphophobie ist die Angst vor dem Bücken.

Intelligenz ist in China eine gesetzlich vorgeschriebene Voraussetzung für den Universitätsbesuch.

Der vollständige Name von Los Angeles lautet El Pueblo de Nuestra Senora la Reina de los Angeles del Rio de Porciúncula.

Über Facebook haben Menschen etwa 125 Milliarden Freundschaften geschlossen.

Schweine dürfen in Frankreich nicht den Namen Napoleon tragen.

Wenn man ein
Stück Sellerie isst,
verbraucht man
mehr Kalorien,
als man zu sich
nimmt.

Ein Giraffenjunges überlebt bei seiner Geburt einen Sturz aus 2 Metern Höhe.

10 Löffel reines Kochsalz sind für Erwachsene tödlich.

Die Farbe des Eiffelturms
ist nach oben hin heller
aufgetragen worden, damit
das Wahrzeichen von Paris
größer wirkt.

Bill Murray wäre fast Batman geworden.

Der Bikini wurde von einem Maschinenbau-Ingenieur erfunden.

In Hongkong darf sehr redseligen Schülern der Mund zugeklebt werden.

Bei jedem Schritt werden mehr als 200 Muskeln benutzt.

Autofahrer in Dänemark müssen vor dem Start sicherstellen, dass kein Kind unter dem Wagen liegt.

Beim Überschreiten der Grenze von Afghanistan nach China muss die Uhr um 3,5 Stunden vorgestellt werden. Übrigens gibt es an der 56 Kilometer langen Grenze nur einen einzigen Übergang.

Mit bis zu 3 Metern Höhe ist Titanwurz die größte Blume der Welt.

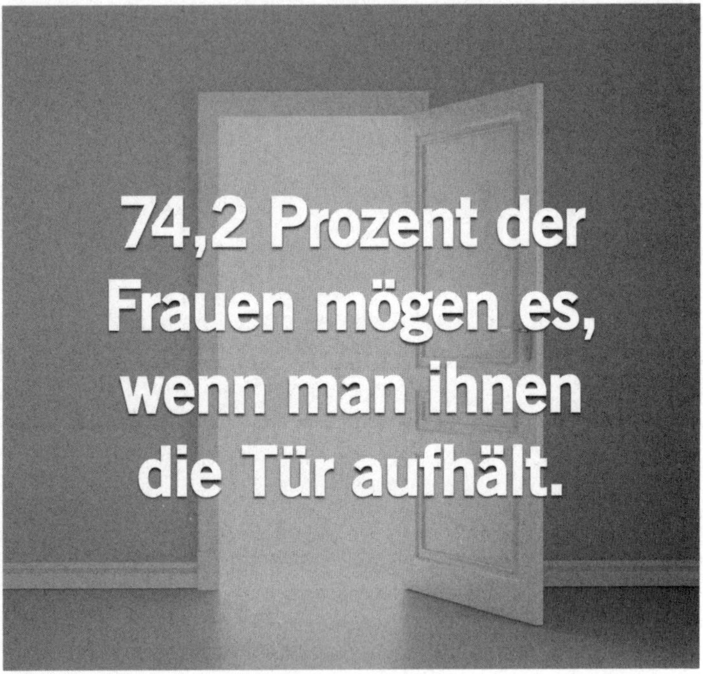

Stürzt sich ein Selbstmörder in New York vom Dach eines Hochhauses, kann er zum Tode verurteilt werden.

Ein »selbstreproduzierender Kleinflugkörper auf biologischer Basis mit fest programmierter automatischer Rückkehr aus beliebigen Richtungen und Distanzen« – so wurde die Brieftaube im inzwischen aufgelösten Brieftaubendienst der Schweizer Armee definiert.

Homer Simpson wird im arabischen Raum Omar Shamshoon genannt.

Die Eltern von Albert Einstein hielten ihr Kind für zurückgeblieben – das Genie konnte im Alter von neun Jahren noch nicht flüssig sprechen.

In Norwegen dürfen weibliche Hunde und Katzen nicht sterilisiert werden – das Kastrieren männlicher Hunde und Katzen ist dagegen erlaubt.

Wird eine Preiselbeere fallen gelassen und springt auf dem Boden wie ein Gummiball, ist sie reif.

Selbstmord war bis in die 50er-Jahre in Großbritannien verboten. Gelang der Selbstmord nicht, stand darauf die Todesstrafe – der Selbstmörder wurde als Mörder eingestuft.

Sultan Kösen ist mit
einer Körpergröße von
251,0 Zentimetern
der größte Mensch
der Welt.

Charlie Chaplin belegte bei einem Charlie-Chaplin-Ähnlichkeitswettbewerb den dritten Platz.

Truthähne können bei starkem Regen ertrinken – sie starren wegen eines Gendefekts zu lange in den Himmel.

Die Katze eines Leuchtturmwärters in Neuseeland entdeckte 1894 durch Zufall eine neue Vogelart. Direkt nach der Begegnung war die Vogelart ausgerottet.

»Please remove your child before folding« warnen einige amerikanische Hersteller in den Bedienungsanleitungen von Kinderwagen. Man möge das Kind doch bitte vor dem Zusammenklappen des Wagens herausnehmen.

Das Schwimmen in Abwasserkanälen ist in Deutschland nur mit Genehmigung des zuständigen Amtes erlaubt.

Die »Arschkarte ziehen« ist eine Redewendung aus dem Fußballumfeld. Zur Zeit des Schwarz-Weiß-Fernsehens konnten Zuschauer gelbe und rote Karten nicht unterscheiden – die Schiedsrichter zogen daher die rote Karte immer aus der Gesäßtasche.

Pferde waren der Grund dafür, dass in alten Feuerwachen Wendeltreppen eingebaut wurden. Als die Tiere noch die Feuerwehrwagen zogen, fanden sie irgendwann heraus, wie sie gerade Treppen hinaufsteigen können.

Wale »trinken« Tintenfische und Quallen. Als Säugetiere benötigen sie Süßwasser zum Trinken, das in ihrem natürlichen Lebensraum eigentlich nicht vorhanden ist – die Körper der Quallen und Tintenfische bestehen jedoch zu einem Großteil aus (Süß-)Wasser.

In seinem Leben weint der Mensch eine Badewanne voll.

Plankton kann tierisch und pflanzlich sein.

1,5 Kilogramm wiegen zusammengenommen alle Bakterien, die sich auf dem menschlichen Körper befinden.

In Frankreich dürfen Radiosender nur zwischen 22.30 und 6.30 Uhr spielen, was sie wollen. In der übrigen Zeit müssen 60 Prozent der Titel von europäischen und 40 Prozent von französischen Künstlern stammen.

50 000 Jahre vergehen, bevor sich ein Plastikbecher aufgelöst hat.

Der Wolkenkratzer *Burj Khalifa* gilt mit seinen 828 Metern als das höchste Gebäude der Welt.

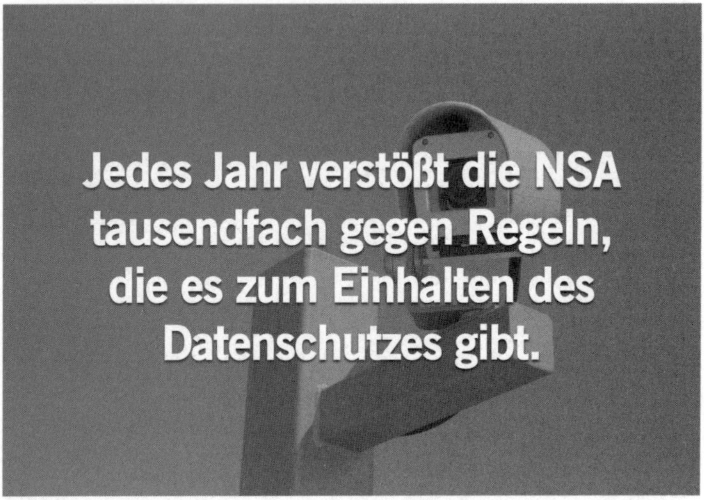

Die Investmentbank Lehman Brothers hatte 200 Milliarden Dollar Schulden, als sie pleiteging.

Cannabis wird in Indien als Mittel gegen Durchfall eingesetzt.

»Das tut weh«, lauteten die letzten Worte von Charles de Gaulle.

Will ein Autofahrer in Belgien trotz Gegenverkehr wenden, hat er so lange Vorfahrt, bis er das Tempo verringert oder anhält.

Jährlich fallen 20 000 Meteoriten auf die Erde.

Lothar Matthäus ist gelernter Raumausstatter.

Einen Menschen in einen Zombie zu verwandeln, gilt auf Haiti als Mord.

Weltweit gibt es etwa 6500 Sprachen.

Die Nationalhymne Griechenlands hat 158 Strophen - gesungen werden meist nur zwei davon.

Zu den 88 bekannten Sternbildern gehören auch die sogenannten Füllsternbilder Luchs, Fliege und Luftpumpe.

Koalas sind Beuteltiere und gehören nicht zur Familie der Bären.

Mitglieder des britischen Parlaments dürfen das Parlament nur ohne Rüstung betreten.

Johann Gensfleisch von Sorgenloch lautet der Geburtsname von Johann Gutenberg, dem Erfinder des Buchdrucks.

Seit 4768 Jahren wächst der älteste Baum auf der Erde.

2,6 Liter Wasser werden zur Herstellung von 1 Liter Cola benötigt.

2 Jahre ihres Lebens verbringt eine Frau vor dem Spiegel.

9 Monate Gefängnis drohen demjenigen, der in Hongkong während der U-Bahn-Fahrt die Füße auf das gegenüberliegende Polster legt.

Die Töchter von Louis van Gaal müssen ihren Vater siezen.

Der Begriff »Idiot« wurde früher in der Medizin für eine Person mit einem IQ unterhalb von 20 verwendet.

52 Millionen Amerikaner sind deutscher Abstammung – das ist jeder sechste Bürger.

Erdnüsse sind Bohnen, keine Nüsse.

Auch Will Smith war für die Rolle des Django in *Django Unchained* im Rennen.

Briefmarken mit einem Bildnis der Queen dürfen in Großbritannien nicht kopfüber aufgeklebt werden – Zuwiderhandlung gilt als Verrat.

Das längste bekannte Unwetter wütet seit seiner Entdeckung im Jahr 1664 auf dem Jupiter.

Mit Viagra im Wasser halten sich Schnittpflanzen länger.

Bis zu 1 Million Milben leben in einer Matratze.

500 Kilometer hoch wäre ein Papierstapel, auf dem der Inhalt des gesamten Internets ausgedruckt ist.

Der Elbrus in Russland ist mit 5642 Metern der höchste Berg Europas.

Die Londoner Tower Bridge ist bei Lloyds als Schiff versichert – in den ersten 23 Jahren nach ihrer Fertigstellung setzte sich das Personal der Brücke außerdem ausschließlich aus Matrosen zusammen.

Die Midlife-Crisis gibt es auch bei Affen.

In Deutschland dürfen Blinde im Halteverbot parken – auch wenn sie den für die Führerscheinprüfung notwendigen Sehtest nicht schaffen.

Mittlerweile werden jährlich mehr Computerchips hergestellt, als es Menschen auf der Erde gibt: 8 Milliarden.

Der Vatikan war 1983 das einzige Land der Welt, in dem es keine Geburt gab.

Das einzige bittere Sekret des Körpers ist Ohrenschmalz.

Ein Baum kann auf der Erde nicht höher als 130 Meter werden.

Erschießt ein Schotte einen andere Schotten in York mit Pfeil und Bogen, ist das legal – außer an Sonntagen.

Tennis for Two aus dem Jahr 1958 gilt als erstes Computerspiel.

Einen schlafenden Bären zu wecken, um ein Foto von ihm zu machen, ist in Alaska verboten.

Der Aal hat den besten Geruchssinn aller Tiere.

In Mississippi ist das Rasieren auf der Hauptstraße verboten.

Die Zehn Gebote haben 279 Wörter – eine EU-Verordnung aus dem Jahr 1981 über den Import von Karamellbonbons umfasst dagegen 25 911 Wörter.

Ein Ertrinkender darf in einigen Regionen Chinas nicht gerettet werden – die Rettung würde einen Eingriff in das Schicksal bedeuten.

»Bundesliga-Haar« beschreibt in Schweden und anderen europäischen Ländern die Vokuhila-Frisur aus den 1980er-Jahren.

Alkoholfreies Rosenwasser statt Champagner wird bei der Siegerehrung des Formel 1 Grand Prix in Bahrain verspritzt.

98 Prozent der Atome des menschlichen Körpers werden jedes Jahr ersetzt.

Giraffen sind in der Regel bisexuell.

In Peking droht Autofahrern ein Bußgeld, wenn sie an einem Fußgängerüberweg anhalten.

Westward Ho! in England ist eine von weltweit nur zwei Städten mit einem Ausrufezeichen im Namen - die andere ist Saint-Louis-du-Ha! Ha! in Kanada.

Likörelle nennt Udo Lindenberg die Bilder, die er mit Likören malt.

Der Durchmesser eines Bleistifts liegt zwischen 0,65 und 0,7 Zentimeter.

In den USA kann Lösegeld für Entführungen von der Steuer abgesetzt werden.

Bänderschnecken verbringen fast ihr ganzes Leben im Schlaf: Sie werden 3 bis 4 Jahre alt und können bis zu 3 Jahre schlafen.

Ufenau ist die größte Insel der Schweiz. Sie liegt im Zürichsee und ist 0,113 Quadratkilometer groß.

Sigmund Freud nahm auf seiner Flucht vor den Nazis nach London seinen Hund mit – seine vier Schwestern ließ er zurück.

In Liverpool darf sich eine Frau nur dann oben ohne in der Öffentlichkeit zeigen, wenn sie in einem Geschäft für exotische Fische arbeitet.

Der Flohwalzer ist kein Walzer – er ist nicht im Dreivierteltakt gehalten.

Der höchste Rang im Ku-Klux-Klan ist der des »Imperialen Hexenmeisters«.

Leonardo da Vinci war Beidhänder – er malte mit der linken und rechten Hand.

In Australien dürfen Kinder keine Zigaretten kaufen – das Rauchen dagegen ist ihnen erlaubt.

Radio Aktiv ist ein Sender im Umkreis des Atomkraftwerks Grohnde.

Schweinen droht in Israel die Todesstrafe, wenn sie einen Acker aufwühlen.

»Küssen verboten« gilt in Frankreich auf Bahnübergängen.

Kinder dürfen in Nebraska während des Gottesdienstes nicht rülpsen. Tun sie es doch, können die Eltern bestraft werden.

119,5 Sekunden dauert das Zapfen eines perfekten Glases Guinness.

Eine Bienenkönigin legt täglich bis zu 3000 Eier.

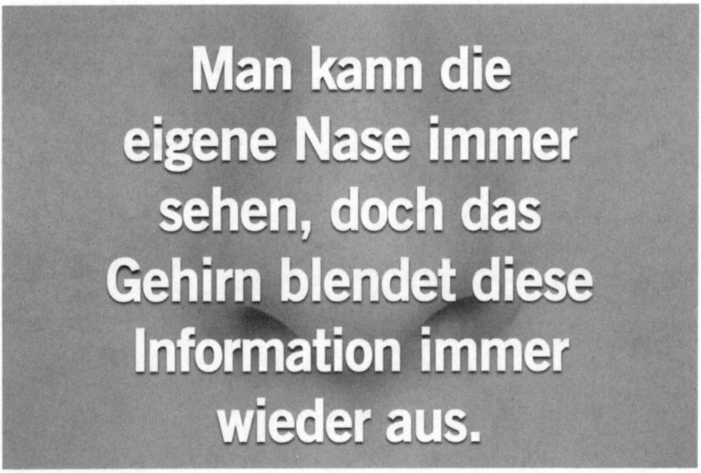

Der Mensch lügt im Schnitt 200 Mal täglich – Männer 20 Prozent öfter als Frauen.

Hexerei ist in Rumänien seit dem 1. Januar 2011 ein legaler Beruf. Wer ihn ausübt, muss Steuern zahlen.

Nur 2 Prozent der Weltbevölkerung haben blonde Haare.

Eine kenianische Elefantenart kann die Geräusche vorbeifahrender Lastwagen imitieren.

Infolge des Erdbebens von 2011 wurde die japanische Insel Honshū 5 Meter nach Osten verschoben.

Esel mit einem WLAN-Router am Hals sind in einem historischen Park in Israel unterwegs.

53 Wochen haben nur Jahre, die an einem Donnerstag beginnen und/ oder enden.

Honig kann nicht schimmeln – Grund ist der hohe Zuckergehalt.

Der »Tag der Luftwaffe« ist ein Feiertag in Nordkorea. Er findet am 20. August statt.

Bis zu 200 Liter Wasser kann ein Elefant in 5 Minuten trinken.

Tupac Amaru Shakur,
einer der erfolgreichsten
US-amerikanischen Rapper,
belegte einen Kurs in Ballet.

Kein Boot zu besitzen, ist auf Hawaii strafbar.

Das Ausdrücken von Pickeln auf der Nase ist in Israel an Samstagen untersagt.

Kleid heißt auf Hawaiianisch »mumu«.

In Kalifornien darf ein Auto ohne Fahrer nicht schneller als 96 Kilometer in der Stunde fahren.

1582 war das bisher kürzeste Jahr – durch die Einführung des Gregorianischen Kalenders wurden zehn Tage übersprungen.

2012 hätte ebenfalls das kürzeste Jahr werden können - hätte der von den Maya vorhergesagte Weltuntergang am 21. Dezember stattgefunden.

Das Schaltjahr 1972 war das längste Jahr des Gregorianischen Kalenders.

Affen erkennen sich selbst im Spiegel.

Das Urinieren im Fahrstuhl ist in Singapur untersagt.

1925 wurde mit Rhenium das letzte stabile chemische Element entdeckt.

Das Fäulnisgift Botulinumtoxin ist die giftigste bekannte Substanz – man nennt es auch Botox.

Der Hund Saint Guinefort wurde im Frankreich des 13. Jahrhunderts als Heiliger verehrt.

Eigentlich wollte James Cameron seinen Film *Avatar* schon 1999 fertiggestellt haben.

Der finanziell einträglichste Film der Welt ist ein Porno: *Deep Throat* kostete 25 000 Dollar und spielte 600 Millionen Dollar ein.

Ohne Kopf lebt eine Kakerlake noch 9 Tage - dann verhungert sie, weil sie nichts mehr zu sich nehmen kann.

Läderlappen ist der schwedische Name für Batman.

Boxer George Foreman nannte seine Söhne George Jr., George III, George IV, George V und George VI.

2478 Kästchen befinden sich auf einem karierten DIN-A4-Blatt – jedenfalls wenn es nicht gelocht ist und man die halben Kästchen zusammenzählt.

Das häufigste chemische Element auf der Erde ist Sauerstoff – im Weltall dagegen Wasserstoff.

Der Name des Textil-Discounters KiK bedeutet »Kunde ist König«.

König von Jerusalem ist ein Titel, den der spanische König bis heute trägt.

Vögel haben bis zu 26 Halswirbel, Säugetiere meist nur 7.

Die aktuelle Zahl der Menschen im Weltraum erfährt man auf www.howmanypeopleareinspacerightnow.com.

Eine durchschnittliche Person verbringt 6 Monate in ihrem Leben damit, an roten Ampeln zu warten.

Polizisten tragen in Deutschland in der Regel Krawatten mit Gummizug – man kann sie damit nicht würgen.

In kaltem Wasser fahren Schiffe schneller als in warmem.

8800 Verletzungen jährlich sind Folge unsachgemäßer Zahnstocher-Benutzung.

Wenn man einem Tiger
in die Augen schaut, ist
die Wahrscheinlichkeit,
angegriffen zu werden,
geringer.

Vom Trainer der Englischen Nationalmannschaft von 1966 Alf Ramsey stammt der Spruch: »Never change a winnig team«.

9 Monate seines Lebens sitzt der Mensch auf dem Klo.

Ein Puwo ist das Kind einer Pudelmutter und eines Wolfsvaters. Ist dagegen ein Pudel der Vater und die Mutter eine Wölfin, kommt ein Wopu zur Welt.

Bis zu 2 Meter hoch können Pinguine springen.

YouTube wurde an einem Valentinstag eröffnet.

Hat ein weiblicher Marder ein Jahr keinen Sex, ist das gleichbedeutend mit einem Todesurteil – das Tier stirbt.

24 Prozent der Fläche von Los Angeles werden von Autos eingenommen.

Für den Diebstahl eines Huhns droht in Kenia eine Haftstrafe von einem Jahr – Kuhdiebe müssen sechs Jahre in den Bau.

Elvis Presley war blond – seit der Highschool färbte er seine Haare schwarz.

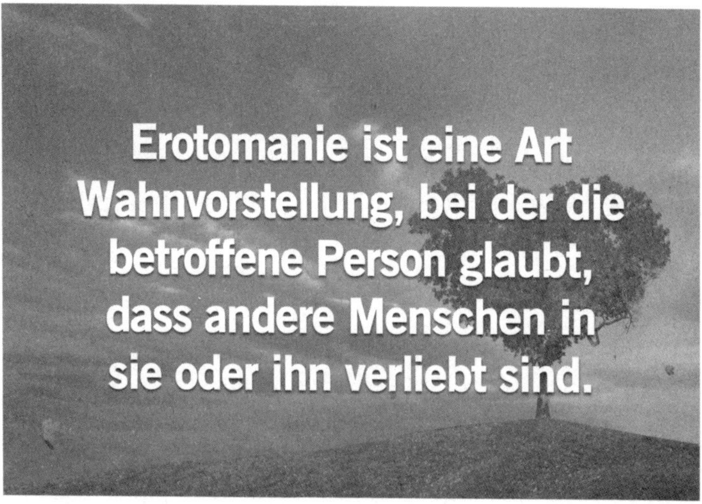

Der längste Film aller Zeiten dauert 154 Stunden.

Vier volle Eimer – das ist die Menge der Spermien, die ein Mann in seinem Leben produziert.

Ananas schmeckt gesalzen noch süßer.

Viele Pinguinarten sind kälteempfindlich - nur drei der rund 20 existierenden Arten leben ausschließlich in der Antarktis.

Rund 5 Tonnen Kot produziert ein Mensch während seines Lebens.

Pilot und Kopilot eines Flugzeugs dürfen nicht das gleiche essen. Diese Vorschrift haben fast alle Airlines aus Sicherheitsgründen.

Die ersten BHs wurden von den Frauen der Wikinger getragen.

Die Gesellschaft zur Steigerung der moralischen und gesellschaftlichen Eigenschaften der Hauskatze wurde 1877 in Belgien gegründet.

Selbstgespräche fördern die Intelligenz.

Ein Hecht lebt bis zu 70 Jahre.

1200 Spermien produziert der männliche Körper in jeder Sekunde.

Der längste Schluckauf dauerte 69 Jahre. Charles Osborne gab von 1922 bis zu seinem Tod 1991 etwa 430 Millionen Hickser von sich und sicherte sich so unfreiwillig einen Guinness-Rekord.

Hunger auf Schokolade wird durch den Geruch von Vanille unterdrückt.

»Rindfleischetikettierungsüberwachungsaufgabenübertragungsgesetz« ist das längste deutsche Wort.

Der Name des Internetunternehmens Yahoo! setzt sich aus den Anfangsbuchstaben von »Yet Another Hierarchial Officious Oracle« zusammen – übersetzt also »noch so ein hierarchisches diensteifriges Orakel«.

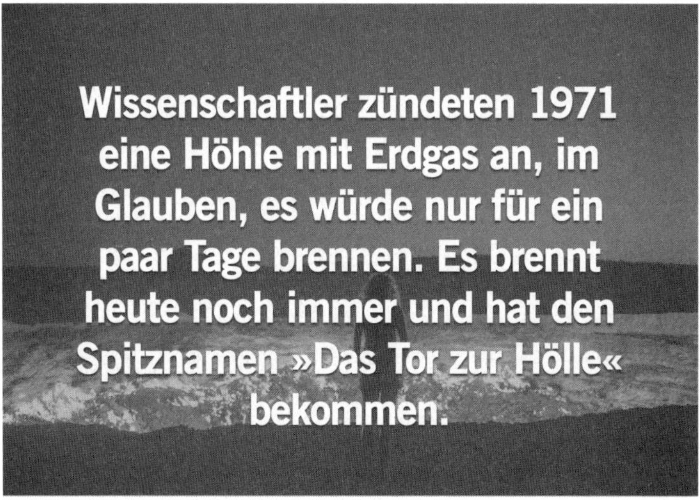

Männliche Weißkopfseeadler besitzen keinen Penis.

Als »Fachgeschäft für Ehehygiene« wurde 1962 der erste Sexshop der Welt von Beate Uhse in Flensburg eröffnet.

Octopusse bauen aus Kokosnussschalen ihre Behausungen.

631 chemische Komponenten sind für den Geruch von Kaffee verantwortlich.

Schafe, die im Dunkeln leuchten, sind ein Produkt der Genforschung.

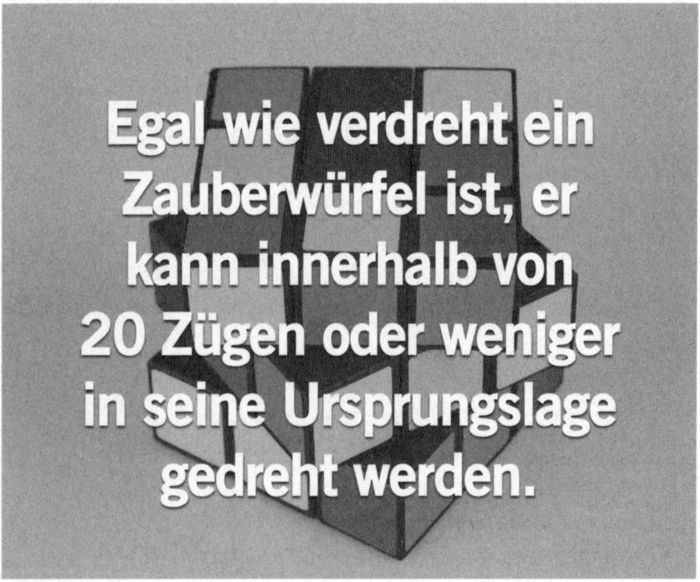

In Florida ist es Ratten gesetzlich untersagt, Schiffe zu verlassen.

Kartoffeln bestehen zu 75 Prozent aus Wasser.

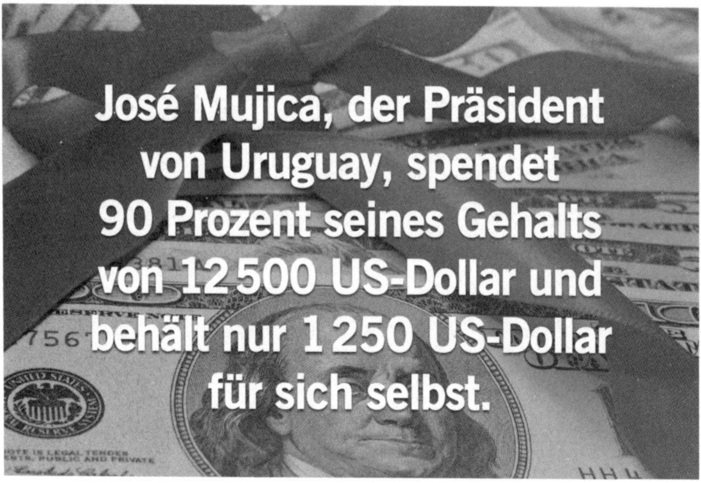

Die gemeinsame Grenze von Frankreich und den Niederlanden findet sich auf der Karibikinsel St. Martin.

Donald Duck heißt mit zweitem Vornamen Fauntleroy.

Gliedmaßen eines Salamanders wachsen nach Verlust vollständig nach.

Auch Teile des Herzens eines Salamanders wachsen nach.

»Glück« ist seit 2007 ein Schulfach in Heidelberg.

Eine Partei in Reykjavik nennt sich »Die beste Partei« und ist eine reine Spaßpartei. Dennoch erhielt die Partei 2010 34,7 Prozent der Stimmen.

Die Erde ist ein Rotationsellipsoid und keine Kugel.

Aus dem Fenster geworfene Nachttöpfe und die dadurch verursachten Verletzungen waren im alten Rom der häufigste Grund für Schmerzensgeldforderungen.

Die Ohren der Laubheuschrecke befinden sich unter ihren Knien.

Hollywood produziert im Jahr etwa 400 Filme – Bollywood fast die doppelte Anzahl.

Hunde können nur etwa zehn verschiedene Laute von sich geben – Katzen dagegen mehr als 100.

Die Augen können theoretisch herausfallen, wenn sie beim Niesen geöffnet sind.

In Mesopotamien hat man sich den ältesten bekanntesten Witz erzählt. Er stammt aus der Zeit zwischen 1900 und 1600 v. Chr.

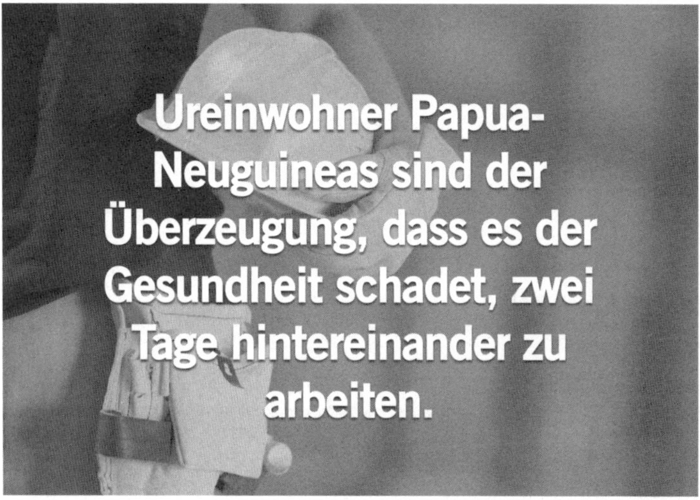

Vor 200 Jahren wurde die Konservendose erfunden.

Der Verein für größere Fußballtore wurde 2004 von Gunter Sachs gegründet.

Paxi und Fixi sind die Eltern von Fix und Foxi.

Falsche Augenbrauen aus Mäusefell waren im 18. Jahrhundert in der oberen Gesellschaftsschicht beliebt.

Bis ein Faultier eine Mahlzeit verdaut hat, vergeht ein ganzer Monat.

»Cock of the Rock« ist die englische Bezeichnung des Felsenhahns.

Der Körperbau macht es einem Schwein unmöglich, in den Himmel zu sehen.

Ein Elefant wächst bis zu seinem Tod weiter.

Zur Gemeinschaft nichtanerkannter Staaten gehören Abchasien, Bergkarabach, Südossetien und Transnistrien.

Schauspieler Robin Williams hat seine Tochter Zelda nach einem Videospiel benannt – er ist ein Fan des Spieleklassikers *The Legend of Zelda*.

Das Wort »Lagerregal« liest sich rückwärts und vorwärts identisch.

Bei einem Tiger ist nicht nur das Fell, sondern auch die Haut gestreift.

Rom erreichte im 1. Jahrhundert v. Chr. als erste Stadt der Welt die Zahl von 1 Million Einwohnern.

Sackhüpfen war 1904 eine olympische Disziplin.

Die Milka-Kuh fand sich schon 1901 auf Schokoladenverpackungen – damals allerdings noch in Schwarz-Weiß.

40 000 Amerikaner werden jedes Jahr von Katzen gebissen.

Affen lieben Glücksspiele.

Partys wurden schon vor 12 000 Jahren gefeiert – das beweisen gefundene Überreste.

Ein »Macker« ist in altem Norddeutsch ein kastrierter Esel.

Die Speicherkapazität des menschlichen Hirns beträgt 10 000 000 000 Gigabyte.

Johnny Depp ist ein Cousin 20. Grades der britischen Queen.

Der Tokyo Tower in Japan ist eine Nachbildung des Eiffelturms. Er ist 34 Meter höher als das Original.

In Tasmanien dürfen Männer zwischen Sonnenuntergang und Sonnenaufgang keine Frauenkleider tragen.

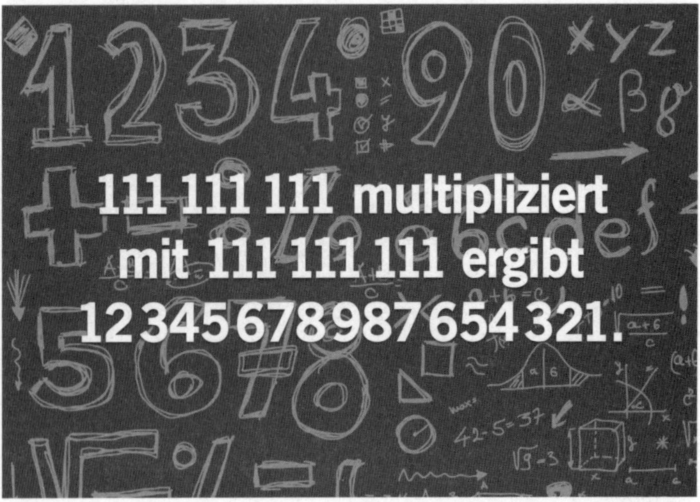

Mit Einnahmen von
rund 5,19 Milliarden
Euro verzeichnete die
katholische Kirche
2012 einen neuen
Rekord bei den
Kirchensteuern.

Fünf Jahre Erektion im Schlaf hat ein Mann bis zu seinem 60. Lebensjahr hinter sich.

Der Vanille-Ersatzstoff Vanillin wird aus Tannenbäumen gewonnen.

Die größte Angst William Shakespeares bestand darin, dass ihm eines Tages der Penis abfallen könnte.

Kühe muhen in unterschiedlichen Dialekten.

Talula does the Hula from Hawaii verklagte 2008 ihre Eltern – das Mädchen hatte eine durchaus verständliche Abneigung gegen ihren Namen.

0,32 Stundenkilometer ist die Höchstgeschwindigkeit der Galapagosschildkröte.

Kängurus sind
nicht dazu in der
Lage, rückwärts zu
laufen.

Die Nationalflagge Kambodschas zeigt den Tempel Angkor Wat.

Haie ersticken, wenn sie sich nicht ständig bewegen.

Schläfrigkeit ist eine Nebenwirkung des Schlafmittels Nytol.

Als Rapper Tupac im Gefängnis saß, schrieb ihm Jim Carrey lustige Briefe, um ihn aufzuheitern.

26 Prozent der Bauteile eines iPhone stammen nicht von Apple, sondern vom Konkurrenten Samsung.

Statistiken sind in 35 Prozent aller Fälle frei erfunden.

Menschen mit der Blutgruppe 0 werden von Moskitos bevorzugt gestochen.

Beim Bau der Cheopspyramide durften die Arbeiter täglich 2 Liter Bier trinken.

Das Wort »Love« kommt in den Liedern der Beatles 623 Mal vor.

Unter den 1128 Kapitänen auf deutschen Handelsschiffen finden sich nur vier Frauen.

Etymologisch betrachtet geht das Wort »Vagina« auf »Vanille« zurück.

Das größte Kartoffelforschungszentrum der Welt arbeitet in der peruanischen Hauptstadt Lima.

»Master of Disaster« lässt sich in Kopenhagen studieren.

In Indien und Myanmar spricht man die Sprache »Anal«.

Pferden ist das Fressen von Hydranten in Marshalltown, Iowa, gesetzlich verboten.

87 Kalorien werden beim Öffnen eines BHs mit dem Mund verbraucht.

1,3 Kilogramm Nutella decken laut Packungsangabe den Tagesbedarf an dem Vitamin B_6.

Eine Kuh ist das erste dokumentierte Opfer eines abstürzenden Raketenteils: Das Tier wurde 1960 auf Kuba von Trümmern einer US-Rakete erschlagen.

Die Kaffeklubben-Insel ist das nördlichste permanente Festland der Erde – sie liegt nördlich von Grönland.

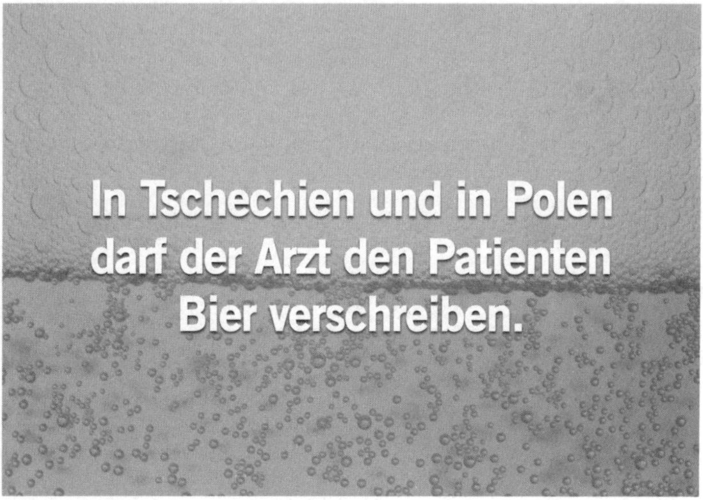

»Fotzhobel« ist ein Synonym für Mundharmonika und steht sogar im Duden.

Die Wimpern des Straußenvogels sind eigentlich Federn.

»Computer werden in Zukunft weniger als 1,5 Tonnen wiegen« – diese richtige Vorhersage machte ein Magazin im Jahr 1949.

14975 Tage und damit fast 43 Jahre lebte der älteste Goldfisch.

Acht Spinnen verschluckt ein Mensch im Lauf seines Lebens.

Der Ort Argleton wurde von Google Maps und Google Earth angezeigt, obwohl er nie existierte.

Weltweit arbeiten 44 Millionen Prostituierte.

Die Buchstabenfolgen SS, SA, NS, KZ und HJ sind auf deutschen Nummernschildern verboten.

Berlin liegt nördlicher als London.

Penisse von 200 Tierarten sind im Phallus-Museum in Island ausgestellt.

In der Bibel steht 366 Mal »Fürchte dich nicht«.

Der *Star-Wars*-Tag findet am 4. Mai statt.

»Beamtenlaufbahn« ist der Name einer Straße in Norderstedt bei Hamburg.

Die Fahrt mit der Bahn ist 55 Mal sicherer als das Autofahren.

Mit einer Treffergenauigkeit von 61 Prozent sind Lügendetektoren ähnlich verlässlich wie das Zufallsprinzip.

Die Vorfahren der Kamele lebten in der Arktis.

Drei Glühbirnen mit jeweils 25 Watt sind zusammen nicht so hell wie eine einzige mit 75 Watt.

Kraken haben drei Herzen.

Urin war der erste Stoff, der synthetisch hergestellt wurde.

Der Anteil homosexueller Hamster liegt bei 10 Prozent.

»Blas« bedeutet auf Afrikaans »dunkelhäutig«.

Im Jahr 1947 wurden die Uhren in Deutschland von Mai bis Juni um zwei Stunden vorgestellt. Grund war die Mitteleuropäische Hochsommerzeit (MEHSZ).

Die Technologie Bluetooth wurde nach dem Dänenkönig Harald I. »Blauzahn« Gormson benannt.

Als einzige Hochkultur der Welt haben die Maya nie das Rad erfunden.

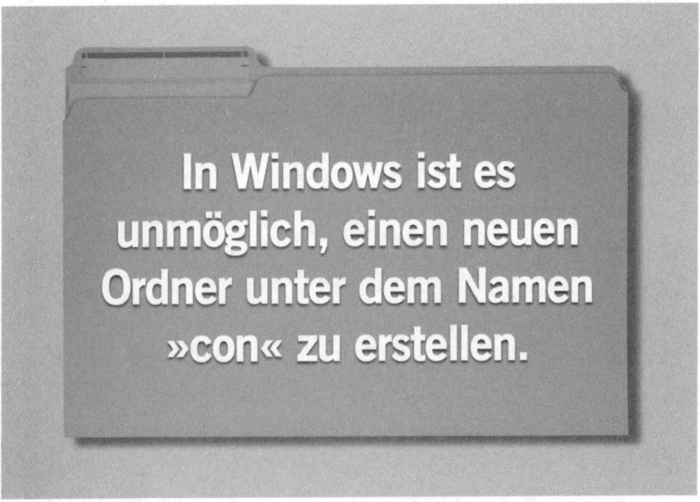

Der Mensch atmet immer nur durch ein Nasenloch – alle paar Stunden findet ein Wechsel statt.

»Truppe« ist die Bezeichnung für eine Affen-Horde.

Bis zu 90 Kilogramm täglich nimmt ein Blauwalbaby zu.

Die Zunge von Eisbären ist blau.

»Gammelmormor« ist der schwedische Begriff für »Urgroßmutter« – Mutter heißt »mor«, Großmutter »mormor«.

Die Orte Innere und Äußere Einöde sind in Kärnten zu finden.

Der Begriff »Plenum« beschreibt das Gegenteil eines Vakuums.

Bis zu 20 Stunden Schlaf am Tag benötigt ein Koala.

Täglich läuft einem Menschen etwa 1 Liter Speichel die Kehle hinunter.

Die Gedächtnisleistung von Bienen lässt sich mit Koffein steigern.

»Ohne Titten kein Paradies« lautet der Titel einer erfolgreichen kolumbianischen Telenovela.

Härter als Stein sind die Zähne von Seeigeln.

Wasser lässt sich mit Bananen von Pestiziden reinigen.

Essiggurken können in der Mikrowelle Funken sprühen.

Gähnen ist ansteckend. Allein der Gedanke kann dich zum Gähnen bringen.

Milhous war der zweite Vorname des ehemaligen US-Präsidenten Richard Nixon.

Ein Riss in Glas breitet sich mit einer Geschwindigkeit von 1500 Metern pro Sekunde aus.

In der Sprache der Azteken hießen Hoden »Avocado«.

1 Eselstärke (Donkeypower) entspricht 0,3353 Pferdestärken.

Regelmäßig einen Orgasmus beim Sex erleben nur 7 Prozent aller Frauen.

Die steilste Straße der Welt ist die Baldwin Street in Neuseeland – sie hat eine Steigung von 35 Prozent.

Udo Lindenberg spielt das Schlagzeug in der Titelmelodie des *Tatort*.

Schauspieler Charlie Sheen bandagiert seine Hand, wenn er keine Autogramme geben will.

Im Gefängnis landet, wer in Florida einen Hund anbellt.

Vergiftete Ameisen kippen immer nach rechts um.

25 Jahre Haft drohen demjenigen, der in Arizona einen Kaktus fällt.

Unter UV-Licht leuchten Bananen blau.

Larry ist der Name des Vogels im Twitter-Logo.

Der Hinz-Triller ist das am Anfang und Ende von Verkehrsmeldungen übertragene Signal, das dafür sorgt, dass ein Radio die Meldung überhaupt erkennt.

Männer entschuldigen sich seltener als Frauen.

266 Stunden blieb der Brite Tony Wright wach und stellte damit einen Rekord auf.

Ein Strauß steckt seinen Kopf nie in den Sand – das ist das Ergebnis einer wissenschaftlichen Unersuchung, bei der 200 000 Strauße acht Jahre lang beobachtet wurden.

Jeder Franzose lebt weniger als 500 Kilometer vom Meer entfernt.

Albert Einstein hat seine Cousine geheiratet.

Ein Regenwurm wird bis zu acht Jahre alt.

Die Restaurantkette *Wienerschnitzel* in den USA verkauft Hotdogs.

Der nächste Verwandte des Schokoladenhais ist der Zigarrenhai.

Eulen gibt es auf jedem Kontinent - nur nicht in der Antarktis.

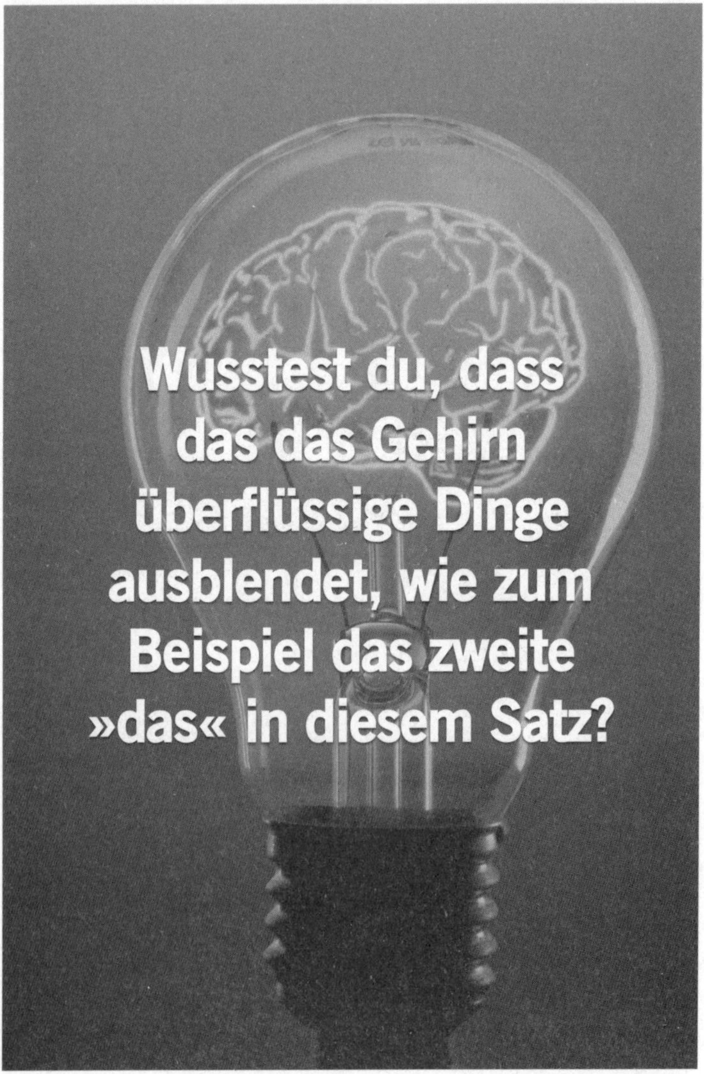
Wusstest du, dass
das das Gehirn
überflüssige Dinge
ausblendet, wie zum
Beispiel das zweite
»das« in diesem Satz?

Kurt Cobain beging einen Monat nach Justin Biebers Geburt Selbstmord.

602 Räume gibt es im Buckingham-Palast.

Ein Goldfisch kann seine Farbe verlieren und weiß werden, wenn er längere Zeit in einem dunklen Raum untergebracht ist.

Wettfurzen war im historischen Japan ein anerkannter Sport.

64 Jahre schrieb Johann Wolfgang von Goethe an seinem Meisterwerk *Faust*.

Mücken können bei Nebel nicht fliegen.

Aus 5 Kilogramm Oliven lässt sich etwa 1 Liter Olivenöl herstellen.

Wer noch aufrecht stehen kann, gilt in Kansas als nüchtern.

Rund 80 Prozent aller Tiere bewegen sich auf sechs Beinen.

Luftfeuchtigkeit lässt Sekundenkleber trocknen.

In China werden einige Klausuren unter freiem Himmel geschrieben, damit die Schüler nicht voneinander abschreiben können.

Die größten Augen im Tierreich besitzt der Riesenkalmar – sie haben einen Durchmesser von fast 40 Zentimetern.

Nicht von US-Präsident Barack Obama, sondern von Bob dem Baumeister stammt der Slogan »Yes, we can«.

Musik hören fördert die Verdauung – das haben Studien bewiesen.

Ein Tag ohne Schlaf wirkt auf einen Menschen wie ein Blutalkoholgehalt von 1,0 bis 1,2 Promille.

Ein Gepard könnte die Golden Gate Bridge in 1,3 Minuten überqueren und dabei ein Spitzentempo von 75 Stundenkilometern erreichen.

Ein Elefantenspermium ist kürzer als ein Mäusespermium.

Charlie Sheen heißt mit richtigem Namen Carlos Irwin Estévez.

Ein nach dem Tod knallbuntes Chamäleon ist an Stress gestorben.

Eine Cornflakes-Verpackung enthält mehr Nährstoffe als die Cornflakes an sich.

Die Rastafari sind auf Jamaika eine Minderheit – weniger als 5 Prozent der Bevölkerung zählen dazu.

Ohne gültige Jagderlaubnis ist das Mäusefangen in Cleveland, Ohio, verboten.

90 Prozent aller weltweiten E-Mails sind Spam.

Eisbären haben schwarze Haut.

Der Schraubenzieher war zuerst da – die Schraube wurde später erfunden.

Bei jedem Toilettengang werden im Schnitt 12 Blatt Toilettenpapier verbraucht.

Ein erwachsener Mensch hat 90 Knochen weniger als ein Baby.

Das Gehirn schläft nicht – es ist nachts sogar aktiver als tagsüber.

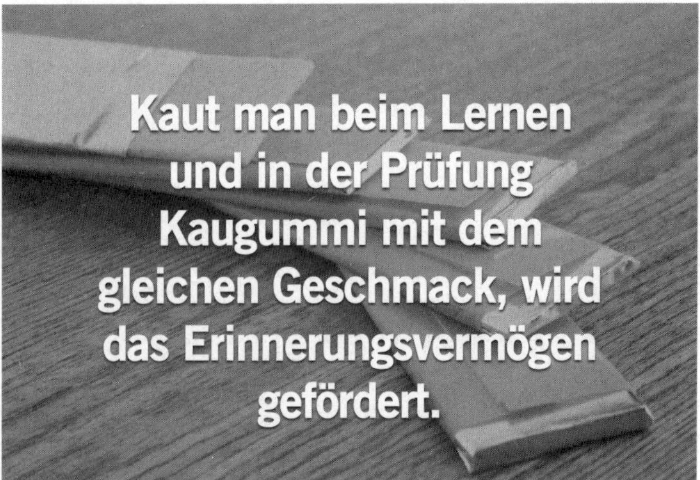

1902 wurde der erste Kriminelle aufgrund von Fingerabdrücken überführt. Scotland Yard machte so den Einbrecher Harry Jackson dingfest.

Rote Gummibärchen sind in der Übermacht: In einer Tüte finden sich ein Drittel rote Bärchen, aber nur jeweils ein Sechstel weiße, grüne, gelbe und orangene.

Das Bore-out-Syndrom ist die Folge von Langeweile am Arbeitsplatz und das Gegenteil des Burn-outs.

Menschliche
Zungenabdrücke
sind genauso
einzigartig wie
Fingerabdrücke.

Bei einem Zungenkuss werden 17 Muskeln bewegt, bei einem Lippenkuss dagegen nur 12.

Eine 1-Dollar-Note wiegt genau 0,850485 Gramm.

Die größte Wüste Deutschlands liegt in Brandenburg: Es ist die 500 Hektar große sandige Fläche der Lieberoser Wüste.

6 469 952 Flecken wurden für den Disney-Film *101 Dalmatiner* auf Hunde gemalt.

Formicophilie bezeichnet das Verlangen, Insekten über seine Genitalien kriechen zu lassen.

Hooligans randalieren häufiger bei Siegen ihres Teams als bei Niederlagen.

Einen Polizisten als Oberförster zu bezeichnen, stellt keine Beleidigung dar.

**Die kleinste Stadt der Welt ist Hum in Kroatien:
Nur 23 Menschen leben dort.**

Eine deutsche Briefmarke hat 2 Kalorien.

Der Harzer Roller ist ein Kanarienvogel, der im Oberharz gezüchtet wird.

Für die Rolle des Rambo war statt Sylvester Stallone ursprünglich auch Terence Hill im Gespräch.

In Saudi-Arabien
ist Trinkwasser
teurer als Öl.

Indianer müssen sich nicht rasieren – sie haben keinen Bartwuchs.

Im »Wirtshaus in der Au« in München kann man sein Knödeldiplom machen.

1,5 Stunden dauert die Einäscherung eines Erwachsenen.

Orgasmus und Schadenfreude werden vom Gehirn ähnlich empfunden.

»Doofheid« ist der niederländische Begriff für »Taubheit«.

Das Kreuzfahrtschiff *Queen Elizabeth II* verbraucht 3,785 Liter Diesel auf 15 Zentimetern Fahrt.

Olivenöl macht satter als Butter.

Der Film *Titanic* war teurer, als der Bau des eigentlichen Schiffes Anfang des 20. Jahrhunderts.

Wann wir alle Sinne beisammenhaben, ist unbekannt – Wissenschaftler sind sich nämlich nicht einig, ob wir über 14 oder gar bis zu 40 Sinne verfügen.

Die Hoden eines Wals können bis zu 1 Tonne wiegen.

Gebärmutterkannibalismus ist bei einigen Haiarten verbreitet: Die Jungen fressen sich vor der Geburt gegenseitig.

In der DDR wurde nie ein erfolgreicher Bank-Überfall verübt.

Der Toyota Opa wurde nicht in Deutschland verkauft – sein Name stammt aus dem Portugiesischen und bedeutet »Oha«.

Der Weihnachtsmann hätte 34 Millisekunden für jeden Haushalt Zeit, wenn es ihn wirklich geben würde. Außerdem müsste er 5800 Kilometer pro Sekunde fliegen.

Der FC Santa Claus ist ein finnischer Fußballverein.

Eine Buschpflaume enthält 2300 bis 3150 Milligramm Vitamin C, ein Apfel nur etwa 12.

Angewandte Sexualwissenschaft kann an der Hochschule Merseburg studiert werden.

Ein Baby lernt im Sitzen schneller als im Liegen.

7500 Eier werden im Hotel Sacher an jedem Tag für die Herstellung von Sachertorten benötigt.

Bienen haben keine Rezeptoren für rotes Licht – eine rote Blume sehen sie in Schwarz.

Ohne Farbstoff wäre Coca-Cola grün.

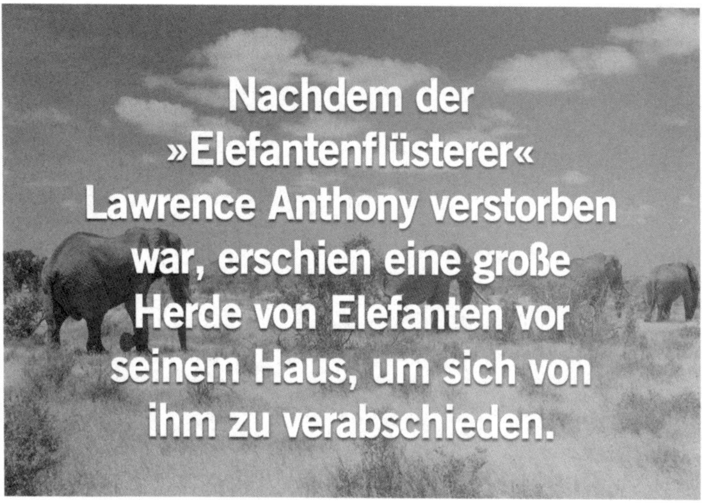

Nach nur 2 Sekunden wurde die bisher schnellste Rote Karte im Fußball gegeben.

Wer in Israel einen Bären mit an den Strand nimmt, handelt gesetzeswidrig.

Der Nationalheilige Irlands war kein Ire – das ist eine der wenigen Tatsachen, die über den heiligen Patrick bekannt sind.

Auch in Krankenwagen ist ein Verbandskasten nach DIN-Norm Pflicht, schreibt die Straßenverkehrsordnung vor.

Fischer haben den gefährlichsten Beruf der Welt – täglich sterben etwa 70 von ihnen.

225 Millionen Zigaretten werden in Deutschland jeden Tag geraucht.

16 152 Menschen wurden in Indien zwischen 1911 und 1994 von Tigern getötet.

Menschen nehmen einen Preis als besonders günstig wahr, wenn an dessen Ende eine 9 steht.

Die Bierhochzeit wird nach 9 Monaten Ehe gefeiert.

Das Gehirn des Menschen verbraucht 120 Millionen Liter Sauerstoff von der Geburt bis zum Tod.

Der 1.1.3111 ist das nächste Datum, an dem alle Ziffern ungerade sind – zuletzt war das am 19.11.1999 der Fall.

»Amaxophobie« ist der Fachbegriff für die Angst vor dem Autofahren.

Der Frankfurter Flughafen ist zehnmal so groß wie Monaco.

Mieter leben nicht so lange wie Hausbesitzer.

Bananen sind Beeren – aus botanischer Sicht.

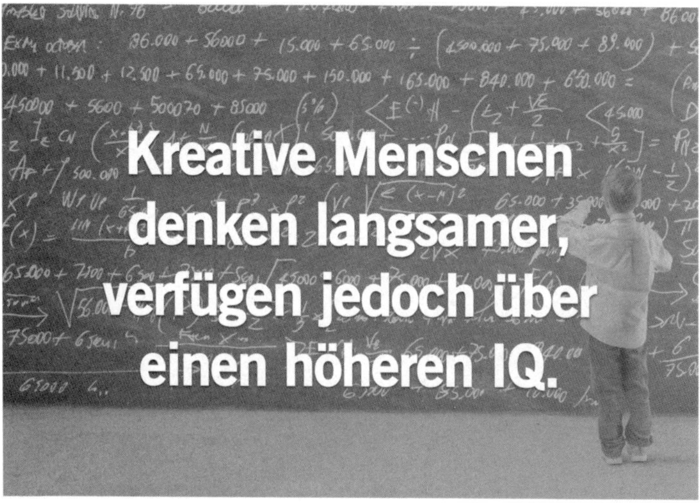

Der menschliche Körper setzt sich aus 10 Quadrilliarden Atomen zusammen.
In Zahlen: 10 000 000 000 000 000 000 000 000 000.

32 Jahre und 24 Stunden wäre ein Mensch beschäftigt, wenn er von 1 bis 1 000 000 000 zählen wollte und dabei für jede Zahl nur eine Sekunde bräuchte.

Einen 30. Februar gab es zuletzt im Jahr 11 v. Chr.

Eineiige Zwillinge können von Spürhunden nicht auseinandergehalten werden.

Im Vatikanstaat beträgt die Bevölkerungsdichte 1900 Menschen pro Quadratkilometer. Die Gesamteinwohnerzahl im Jahr 2011 lag bei 832.

Ein Bart verringert das Hautkrebsrisiko – er schützt das Gesicht vor UV-Strahlung.

Das Zähneputzen war schon bei den Neandertalern üblich.

Ein 5412 Kilometer langer Dingo-Schutzzaun in Australien ist das längste Bauwerk der Welt.

Barthaare wachsen beim Sex oder wenn Aussicht auf Sex besteht, schneller.

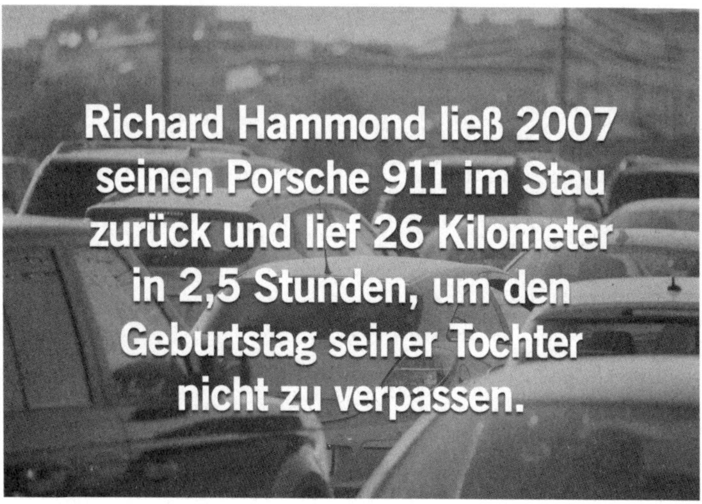

Karies ist bei den meisten Naturvölkern unbekannt – sie sind immun dagegen.

In Wales versenden 10 Prozent der Menschen Weihnachtskarten an ihre Haustiere, hat eine Umfrage ergeben.

Die Straßenverkehrsordnung der ehemaligen DDR gilt noch heute in Afghanistan.

Gerade einmal 38 Minuten dauerte der kürzeste Krieg aller Zeiten.

Im Bundeskanzleramt gibt es – sage und schreibe – 13 Wintergärten.

Haarausfall kommt fast ausschließlich in Industrienationen vor. Bei Völkern, die im Einklang mit der Natur leben, ist das Phänomen nahezu unbekannt.

Der moderne Mensch sitzt fast 7 Stunden am Tag.

13 ist die Zahl, die im deutschen Lotto am seltensten gezogen wird.

Clownfische hören schlechter, je höher der Kohlendioxidgehalt des Wassers ist.

Ein einzelner Mensch kann keine Kuh umstoßen – dazu sind drei bis zehn Erwachsene notwenig.

Bei etwa 14 Prozent der Menschen fehlt der Unterarmmuskel Musculus palmaris longus.

Ein neugeborener Panda hat in etwa die Größe eines Stücks Butter.

Schaut man *Titanic* rückwärts, handelt der Film von einem mysteriösen Schiff, das aus der Tiefe auftaucht und Menschen aus Seenot rettet.

Mit 26 400 Metern ist der Olympus Mons auf dem Mars der höchste bekannte Berg des Sonnensystems.

Nur 5 Prozent der Weltmeere wurden bisher erforscht.

Fön ist eine eingetragene Marke von AEG – Haartrockner anderer Marken werden daher Föhn genannt.

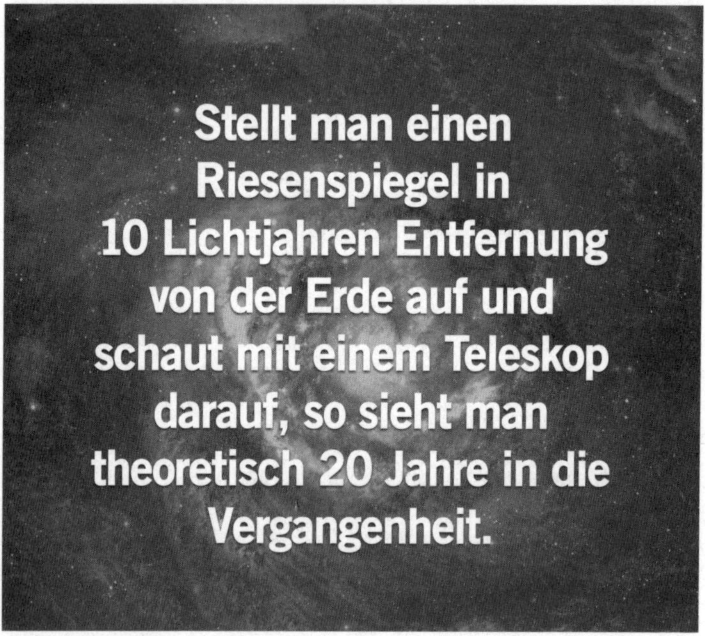

»Bohnpol-op-un-dol-dreier« ist die plattdeutsche Bezeichnung für einen Schrankenwärter: Auf Hochdeutsch ein »Bahnpfahl-hoch-und-runter-Dreher«.

Wenn Piero Manzoni »Künstlerscheiße« anbot, war das wörtlich gemeint. Er füllte seinen Kot in Dosen ab und verkaufte ihn.

Das Herz des Blauwals bringt 600 bis 1000 Kilogramm auf die Waage.

Die DNA der Banane stimmt zu 55 Prozent mit der des Menschen überein.

15 Millionen rote Blutkörperchen erzeugt der menschliche Körper in jeder Sekunde.

Menschen auf Kuba haben eine höhere Lebenserwartung als Bürger in den USA.

»La bourse« steht im Französischen für »Hodensack« und »Geldbeutel«.

Blattgold hat eine Dicke von 0,0001 Millimeter.

Der Erfinder des Wortes »Jogging« hieß James Fixx – er starb beim Joggen.

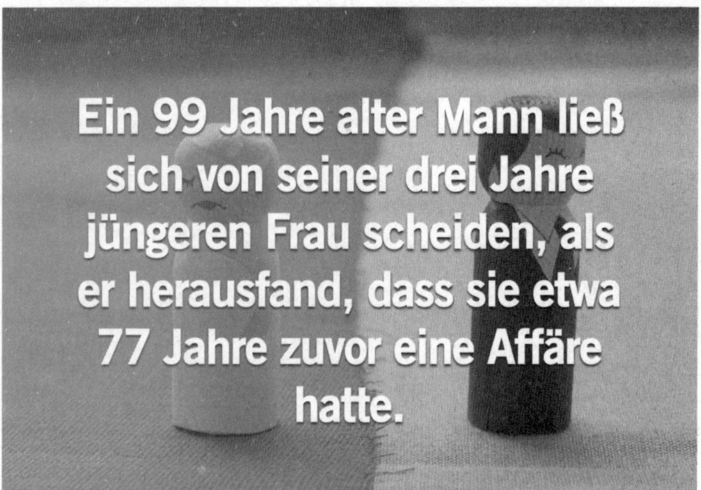

Rothaarige Menschen werden bis 2060 ausgestorben sein – laut National Geographic.

Ein Drittel aller deutschen Katzen sind übergewichtig.

Sieben Kirchen warten in der Antarktis auf Gläubige.

2800 Euro kostet eine Sendeminute der Tagesschau.

Wo hohe Bäume stehen, ist die Kriminalitätsrate geringer.

Morbus Kobold ist die medizinische Bezeichnung für Pensiverletzungen als Folge von Masturbation mit Staubsauger-Unterstützung.

In Frankreich wurde 1740 eine Kuh gehängt – man hatte sie der Zauberei für schuldig befunden.

Die Stadt Porno liegt in Nigeria.

Zwei Kühe haben nie dasselbe Fleckenmuster auf ihrem Fell.

Das Wort »Duden« ist im Duden nicht zu finden.

Das Gehirn empfindet keinen Schmerz – es verfügt über keine Schmerzrezeptoren.

Echte Diamanten sieht man auf Röntgenbildern nicht.

Es gibt den Playboy *auch für Blinde.*

Der deutsche Sprecher von Kermit dem Frosch hat auch David Hasselhoff synchronisiert.

Wahrsagungen treffen zu – in 4 Prozent aller Fälle.

In Tasmanien gibt es die sauberste Luft der Welt.

Der Moderator Hugo Egon Balder nutzt ein Pseudonym – sein tatsächlicher Name lautet Egon Hugo Balder.

Es gibt kein rosa Licht.

1367 Stimmen erhielt die Deutsche Sex-Partei, die 1973 in Reutlingen für den Kreistag kandidierte.

Der Tag der Handhygiene wird international am 5. Mai begangen.

Ein Windstoß rettete eine Frau, die aus dem 86. Stockwerk des Empire State Buildings sprang – er wehte sie zurück in das Hochhaus.

5,43 Sekunden: Das ist die aktuelle Rekordzeit, innerhalb derer ein Mensch sich selbst in einen Koffer packen kann.

Der Eiffelturm schrumpft bei Kälte: Herrschen Minusgrade, ist er 15 Zentimeter niedriger.

250 bis 3000 Stiche in die Haut muss der Mensch beim Tätowierer ertragen – pro Minute.

Auf Malta gehen einige Kirchenuhren absichtlich falsch - so will man verhindern, dass der Teufel die Gläubigen während der Messe stört.

Auf Hawaii wurde die Längenbegrenzung für Namen in Ausweisen nach einer Beschwerde geändert. Beschwert hatte sich Janice Keihanaikukauakahihuliheekahaunaele.

924 Kilogramm wiegt der größte Kürbis der Welt.

Die Quallenart Turritopsis nutricula ist theoretisch unsterblich.

Der österreichische Ort Hallstadt wurde in China komplett nachgebaut.

Ketchup wurde in China erfunden – Chop Suey in Amerika.

Die meisten Menschen sterben nachts um 3 Uhr.

Die meisten Kinder werden nachts um 3 Uhr geboren.

Menschen überleben einen Blitzschlag in neun von zehn Fällen.

Unter Wasser sehen Linkshänder besser als Rechtshänder.

In Ohio dürfen an einem Sonntag keine Wale gefischt werden.

1:30 000 000 steht die Chance, von einem Hai attackiert zu werden.

Die meisten übergewichtigen Amerikaner leben in Houston, Texas.

In der Antarktis verrottet eine Bananenschale erst nach 100 Jahren.

Die erste Rechenmaschine wurde vor 3000 Jahren erfunden – es war der Abakus.

4800 Chemikalien sind in Tabakrauch enthalten.

Die Farbe einer Pille beeinflusst deren Wirkung.

Ein Mensch, der scharfes Essen liebt, ist auch allgemein risikofreudiger.

Sprechen Stotterer mit Tieren, stottern sie nicht.

4650 Meter ist bei freier Sicht die Distanz bis zum Horizont.

Tiffany lautet der zweite Vorname von Richard Gere.

In den Füßen findet sich ein Viertel aller menschlichen Knochen.

Das Hören von Countrymusik hat ein gesteigertes Selbstmordrisiko zur Folge.

Das Baguette wurde eigentlich in Wien erfunden.

Angst können bereits drei Monate alte Babys in Gesichtern erkennen.

Lego ist der größte Reifenhersteller der Welt – 306 Millionen (Spielzeug)-Reifen werden dort jährlich produziert.

Der Sänger Art Garfunkel listet auf seiner Website jedes Buch auf, das er seit 1968 gelesen hat.

Schließt der Mensch die Augen, sieht er einen Farbton, der Eigengrau genannt wird.

Gleichzeitig schlucken und atmen ist unmöglich.

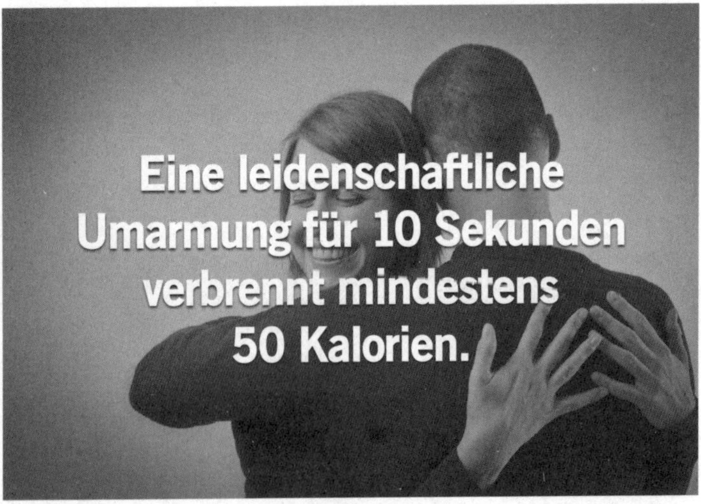

Einen Freitag, den 13., gibt es in jedem Monat, der an einem Sonntag beginnt.

Brot wurde früher auch als Radiergummi verwendet.

Auf Englisch heißt der Mondfisch Sunfish.

München ist Monaco – jedenfalls auf Italienisch.

Elefanten können nicht springen.

Seepferdchen schwimmen als einzige Fische aufrecht.

Im Koran wird Jesus öfter als Mohammed erwähnt.

Umfallende Bäume und herabfallende Äste sind in Urwäldern eine häufigere Todesursache als angreifende Wildtiere.

Für »Kamel« gibt es in der arabischen Sprache mehr als 1000 Wörter.

Es gibt in Indien ein Riesenrad mit Handantrieb.

31,25 Liter Red Bull sind eine tödliche Dosis.

Das Wort »Marschrhythmus« setzt sich aus zehn Konsonanten in Folge zusammen und übertrifft damit noch »Angstschweiß« mit acht Konsonanten.

Urlaubsbräune hält etwa drei Wochen, wenn sie nicht durch ein Sonnenbad aufgefrischt wird.

In der Antarktis hat der Browser Firefox 100 Prozent Marktanteil.

»Stinkfrei« gab es in den 1970er-Jahren in Schulen an der Wupper, weil der Fluss zeitweise extrem verschmutzt war.

In Litauen müssen sich Frauen vor der Führerscheinprüfung gynäkologisch untersuchen lassen.

Die schlecht lesbare Handschrift von Ärzten führt in den USA jährlich zu etwa 7000 Todesfällen.

Glas ist kein fester Stoff – chemisch betrachtet.

Von Norden nach Süden fliegen Zugvögel langsamer als in die umgekehrte Richtung.

Exakt 13 mal 9,9 Zentimeter – das sind die Abmessungen eines Blattes Toilettenpapier in Deutschland.

Die Angst vor Pflanzen wird wissenschaftlich Bathonophobie genannt.

Die Namen Adolf Hitler und Lucifer wurden in Neuseeland 2011 für Neugeborene verboten.

In Indien ist die Bestimmung des Geschlechts durch Ultraschall vor der Geburt verboten.

Frauen haben seltener Schluckauf als Männer.

Facebook-Gründer Mark Zuckerberg ist rot-grün blind. Daher dominiert in dem sozialen Netzwerk die Farbe Blau.

Dr. Best ist der Mannschaftsarzt des VfB Stuttgart – sein Vorname lautet Raymond.

Leidet ein Mensch unter Xanthophobie, dann hat er Angst vor der Farbe Gelb.

Im Sommer wachsen Fingernägel schneller als während anderer Jahreszeiten.

Der Geländewagen Mitsubishi Pajero war in Spanien nicht sehr erfolgreich – dort bedeutet sein Name »Wichser«.

»Rammelkammer« ist die Fachbezeichnung für die Bruthöhle des Borkenkäfers.

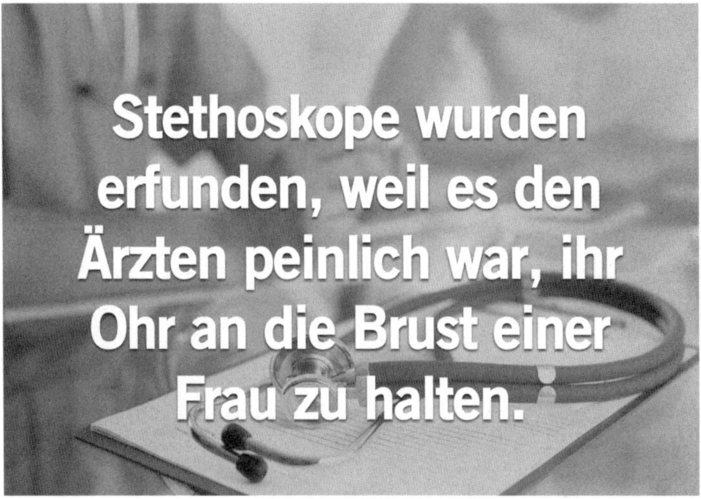

100 Milliarden Menschen sind seit Anbeginn der Menschheit gestorben.

Gegen Lepra sind 95 Prozent der Menschen immun.

Elefanten haben vier Knie – das unterscheidet sie von allen anderen Säugetieren.

Tollerort ist eine Straße im Hamburger Hafen.

40 000 Finger wurden bei Arbeitsunfällen im chinesischen Perlflussdelta im Jahr 2004 abgetrennt.

Seinen ersten Film drehte Alfred Hitchcock in München.

Ein Kind darf in Deutschland den Vornamen »Frieden Mit Gott Allein Durch Jesus Christus« tragen.

Bis zu 56 Kilometer lang kann ein Strich sein, der mit einem einzigen Bleistift gezogen wird.

Das Entfernen von Tätowierungen ist schwieriger, wenn der Träger Raucher ist.

»Bezoar« ist die wissenschaftliche Bezeichnung für den Haarball einer Katze.

Das Loch in der Mitte einer CD ist so groß wie die frühere niederländische 10-Cent-Münze. Die Entwickler des Philips-Konzerns hatten diese Münzen immer bei sich.

2 Prozent der Menschen haben keinen Achselgeruch – Ursache ist ein Gendefekt.

Auf Paama Island im Südpazifik dürfen Frauen keine Hosen tragen.

An menschlichen Fingern gibt es keine Muskeln.

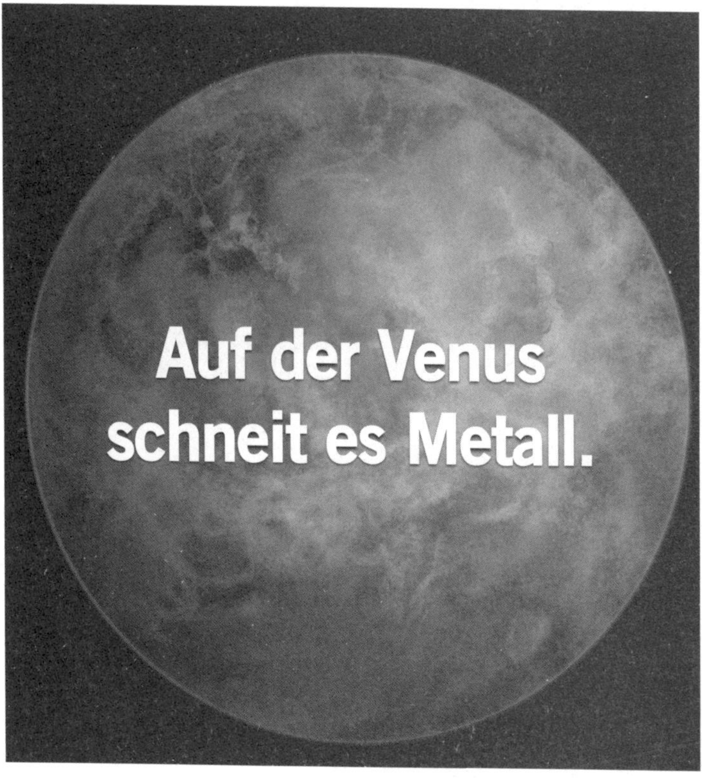

»Flächenbedeckendes Großgrün« ist die bürokratische Bezeichnung für einen Baum.

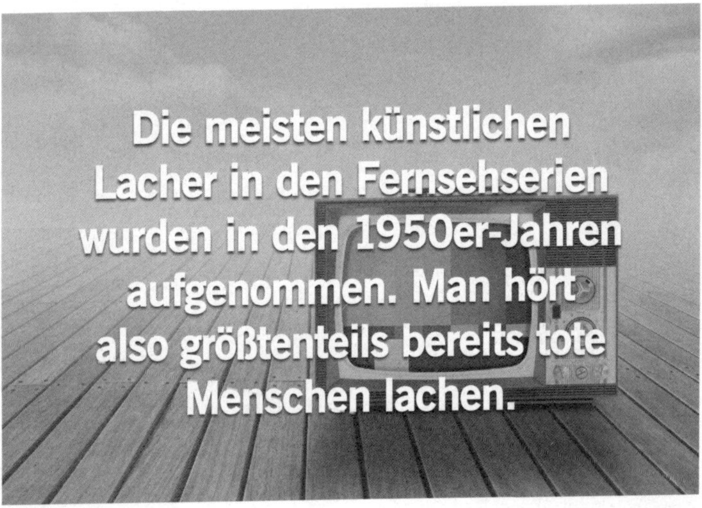

Was wir als »Schlaf« in den Augen kennen, ist eine Mischung aus weißen Blutkörperchen, abgestorbenen Bakterien und Tränenflüssigkeit.

1 Sekunde Zeit auf 10 Kilometer Strecke kann ein Radprofi sparen, wenn er sich die Beine rasiert.

»Karaoke« bedeutet im Grunde »leeres Orchester« – der Begriff setzt sich im Japanischen aus »kara« für »leer« und »oke« für »Orchester« zusammen.

Die Uran-Hochzeit wird nach 53 Ehejahren gefeiert.

Die ersten transsexuellen Flugbegleiter und Flugbegleiterinnen traten 2011 bei der thailändischen Fluggesellschaft P.C. Air ihren Dienst an.

Ikea, Metallica, Veranda und Google sind in Schweden verbotene Babynamen.

Der persische Begriff »Schah mat« ist der Ursprung von Schachmatt und bedeutet »Der König ist tot«.

Ein Hirnschrittmacher wird bei bisher 75 000 Menschen eingesetzt.

Digitus 2, 3 und 4 heißen die drei Zehen zwischen dem großen und kleinen Zeh.

Headbanging kann zu einer Gehirnerschütterung führen.

Mit 2,5 Einwohnern pro Quadratkilometer ist Australien das leerste Land der Erde.

Kataplexie beschreibt einen Totalausfall der Muskulatur, der durch Emotionen wie Schreck oder Freude ausgelöst wird.

Daniel Kish kann
trotz Blindheit
mithilfe der Echo-
Ortung Fahrrad
fahren. Dazu
schnalzt er mit
seiner Zunge und
hört auf die Echos.

Der Kot von Vegetariern riecht weniger streng als der von Fleischfressern.

»Muschi« ist das rumänische Wort für »Muskel«.

Vegetarier haben häufiger Blähungen als Fleischfresser.

49 Prozent der Weltbevölkerung sind weiblich.

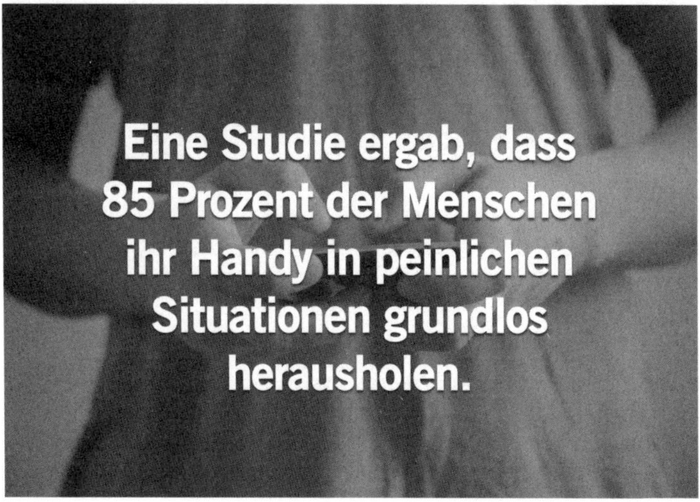

Filmblut besteht meist aus drei Teilen Sirup, einem Teil Wasser und etwas roter Lebensmittelfarbe.

Vom Hamburger eines anderen abzubeißen, ist in Oklahoma verboten.

Entfernt man weiblichen Borstenwürmern das Gehirn, werden sie Männchen.

16 Millionen Maggi-Würfel werden jährlich in Afrika verkauft.

Der menschliche Körper besteht zu 90 Prozent aus Wasserstoff, Kohlenstoff, Stickstoff und Sauerstoff.

1939 wurde Adolf Hitler für den Friedensnobelpreis nominiert und zwar von dem schwedischen Sozialdemokraten Erik Brandt.

9000 Flaschen Beck's Bier werden weltweit in jeder Minute getrunken.

Unrasiert dürfen sich Frauen in Carrizoro, New Mexico, nicht in der Öffentlichkeit blicken lassen – das gilt für Gesicht und Beine.

Sibirien ist ein Naherholungsgebiet bei Elmshorn in Schleswig-Holstein und auch der Name einer dortigen Gaststätte.

Der kleinste Knochen des Menschen ist der sogenannte Steigbügel im Innenohr. Er misst nur 3 Millimeter.

Die Stühle im Berliner Reichstagsgebäude haben die Farbe »Reichstags-Blue«.

Monopoly-Geld wird weltweit häufiger als Dollarscheine gedruckt.

Werden Ratten gekitzelt, geben sie Geräusche von sich, die an ein Lachen erinnern.

Selbstmord durch Luftanhalten ist unmöglich.

Im Koran ist die Banane statt des Apfels die verbotene Frucht.

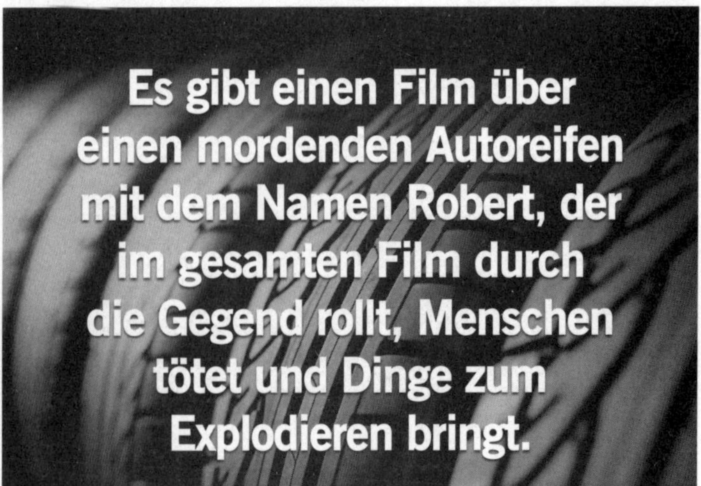

Wer in Italien eine Kuh überfährt, begeht eine Straftat.

In Liverpool dürfen weibliche Schaufensterpuppen nicht im Schaufenster entkleidet werden – man befürchtet, dass Kinder das Schauspiel beobachten könnten.

Mit Birkenpech lassen sich Steine und Holz verkleben. In der Steinzeit wurden so Waffen hergestellt.

Auf Japanisch bedeutet Fukushima *»Glücksinsel«.*

Der Fahrstuhl ist das sicherste Transportmittel. Nur alle 160 Millionen Kilometer kommt es zu einem Unfall.

Hätte ein Mensch im Jahr 1300 1 Euro auf ein Konto eingezahlt, wäre daraus bis heute ein Vermögen von 900 Millionen Euro geworden.

Bis zu 20 000 Kalorien täglich nimmt ein Sumo-Ringer zu sich.

Die Gene des Hefepilzes sind zu 30 bis 40 Prozent mit denen des Menschen identisch.

Katzen haben keine Schlüsselbeine – aus diesem Grund passen sie durch jede Öffnung, die knapp größer als ihr Kopf ist.

In Österreich wurden bis 2001 Rinder gesprengt, die an schwer zugänglichen Stellen verendeten. Als Grund wurde die Abwendung von Gefahren für die Allgemeinheit genannt.

Das Fell von Katzen besteht aus 20 155 Haaren pro Quadratzentimeter.

Im gesamten Staat Peru wird jährlich weniger Strom verbraucht als in der Stadt Las Vegas.

»Mein Name ist Hase, ich weiß von nichts«, antwortete Victor von Hase im Jahr 1854 vor Gericht auf eine Frage des Richters.

Ein Gen der Fruchtfliege wurde nach der Figur Kenny aus *South Park* benannt.

Fast 210 Liter Filmblut wurden 1996 bei den Dreharbeiten für *Scream* vergossen.

Liebeskummer ist in den USA eine anerkannte Krankheit und wird Broken-Heart-Syndrom genannt.

Laut seiner Visitenkarte war Al Capone Gebrauchtmöbelhändler.

Die kalorien- und fettreichste Frucht ist die Avocado. Sie hat 220 Kalorien pro 100 Gramm.

Seit 1896 muss ein Fußballfeld in Deutschland baumfrei sein.

Aldi-Süd-Besitzer Karl Albrecht hat eine Grabstelle im Süden des Essener Friedhofs erworben. Sein Bruder und ehemaliger Aldi-Nord-Eigner Theo wurde im Norden des Friedhofs begraben.

Raubtiere können Süßes nicht schmecken.

Hätte der Mensch an jeder Stelle des Körpers 1,20 Meter Fett, wäre er absolut kugelsicher.

Victoria Beckham hätte gerne bei *Sex and the City* mitgespielt.

Hunde haben drei Augenlider.

Das Rauchen von einer Schachtel Zigaretten täglich führt alle zehn Jahre zum Verlust von zwei Zähnen.

Der heilige Isidor ist der Schutzpatron des Internet.

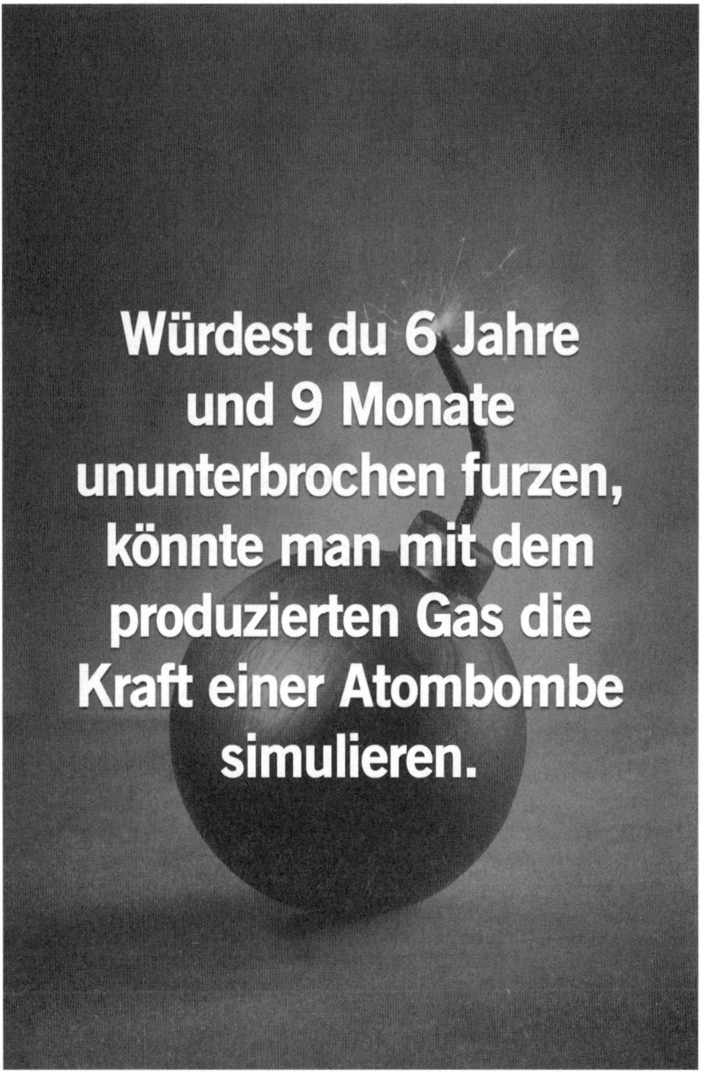
Würdest du 6 Jahre
und 9 Monate
ununterbrochen furzen,
könnte man mit dem
produzierten Gas die
Kraft einer Atombombe
simulieren.

2004 gab es die zehn gefragtesten Jobs des Jahres 2010 noch gar nicht.

Tuntenhausen ist 58 Kilometer von Tittenkofen entfernt.

Patrick Swayze war nicht die erste Wahl für die Rolle des Johnny Castle in *Dirty Dancing*.

Papier lässt sich höchstens neun Mal falten.

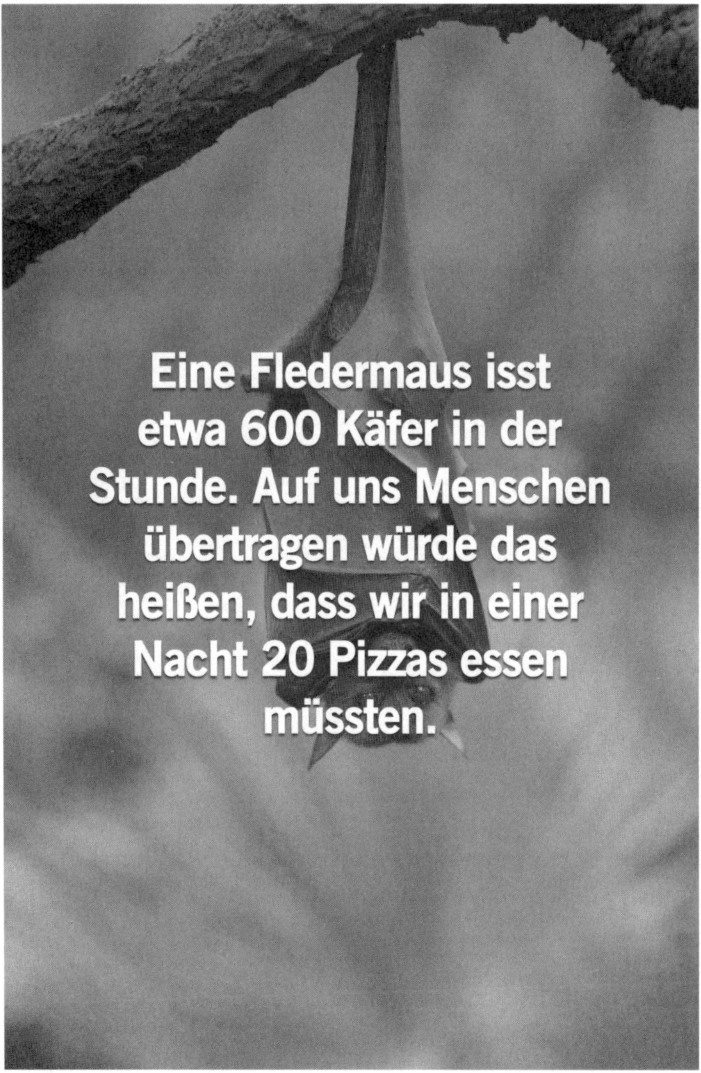
Eine Fledermaus isst etwa 600 Käfer in der Stunde. Auf uns Menschen übertragen würde das heißen, dass wir in einer Nacht 20 Pizzas essen müssten.

Frauen mit dem Vornamen Maria dürfen in Siena nicht als Prostituierte arbeiten.

Wollen Krokodile tiefer tauchen, fressen sie Steine.

Der höchste Holzturm der Welt misst 118 Meter und ist der Sendeturm des polnischen Senders Gleiwitz.

Das Singen ohne Noten ist in North Carolina verboten.

Sauberer Schnee schmilzt langsamer als schmutziger Schnee.

Sean Connery wollte die Rolle des Architekten in *Matrix Reloaded* nicht spielen – er verstand das Konzept der Matrix nicht.

Fingernägel wachsen viermal schneller als Zehennägel.

Die Sterbewahrscheinlichkeit bei einem Sturz aus dem Bett beträgt 1 : 2 000 000.

500 Euro Strafe drohen in Singapur, wenn nach der Toilettennutzung die Spülung nicht betätigt wird.

Apfelsaft enthält 0,1 bis 0,4 Prozent Alkohol.

»Aus dem Fenster schauen« fand sich 1956 auf dem sechsten Platz der beliebtesten Freizeitbeschäftigungen.

Nach 100 Kilometern Fahrt ist eine Hühnerbrust im Motorraum eines Autos gar.

Weil Seifenhersteller früher bestimmte Fernsehsendungen sponsorten, gibt es noch heute die Soap Operas.

Liz Taylor wollte schon immer zu spät zu ihrer eigenen Beerdigung kommen. Die Trauerfeier für die verstorbene Schauspielerin am 24. März 2011 begann daher mit einer viertelstündigen Verspätung.

178 Sesamkörner sind auf einem durchschnittlichen Big Mac von McDonald's zu finden.

Braun ist die dominierenden Augenfarbe – 90 Prozent aller Menschen haben braune Augen.

187,5 US-Dollar kostet die Produktion eines iPhone.

1,02 Kilogramm wog das schwerste bekannte Hagelkorn. Es fiel am 14. April 1986 in Bangladesch.

Auf der Erde leben mehr Hühner als Menschen.

T-Shirts haben Lichtschutzfaktor 4.

Die Sojawurst wurde von Ex-Bundeskanzler Konrad Adenauer erfunden.

Kondome müssen mindestens 16 Zentimeter lang sein. Das schreibt die internationale Norm DIN EN ISO 4074 vor.

Lederhose ist eine Autobahnabfahrt der A9 in Thüringen.

Im Ohr einer Katze arbeiten 32 Muskeln.

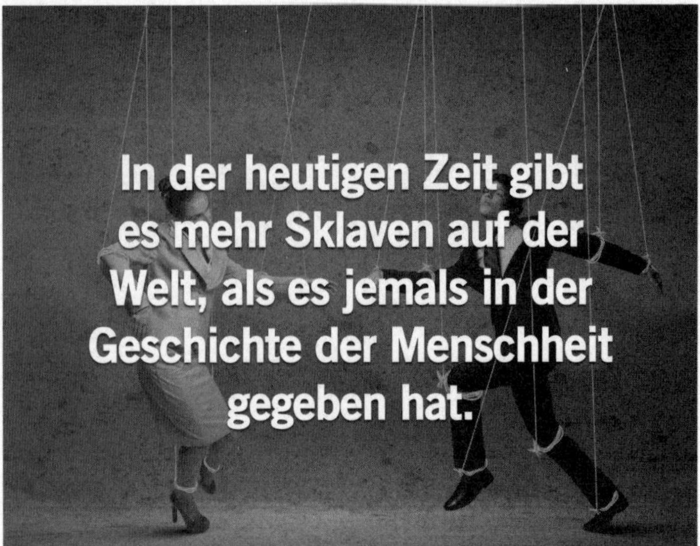

Die einzigen Süßwasserhaie der Welt leben im Nicaraguasee.

Orangen explodieren in der Mikrowelle – Eier ebenfalls.

In New Jersey darf Suppe nicht geschlürft werden.

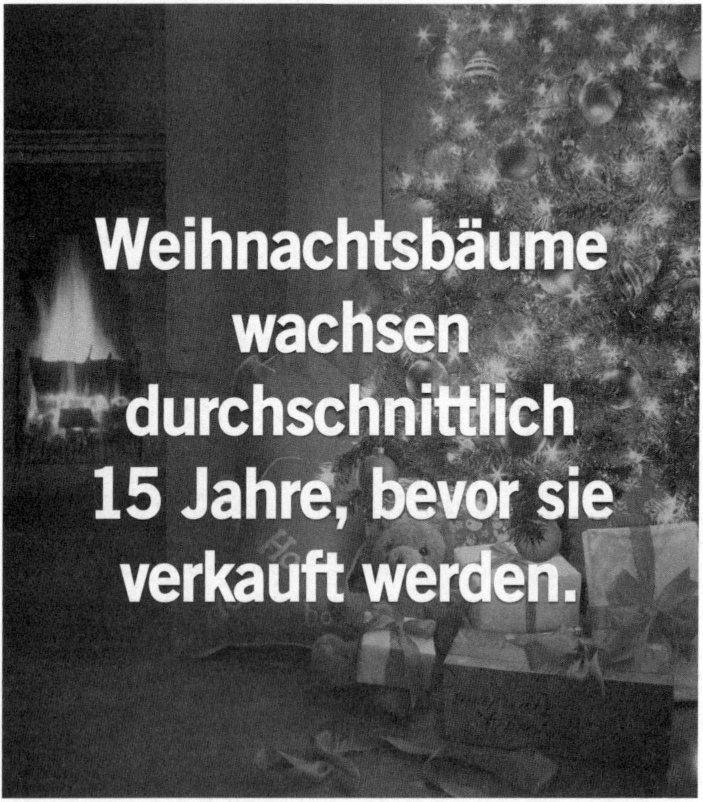

Hören Kühe Musik, geben sie mehr Milch.

Zwölf Neugeborene werden täglich falschen Eltern übergeben.

Das erste Tor der Bundesliga wurde nicht auf Film festgehalten – der Kameramann hatte sich verspätet.

Eine Kuh produziert durchschnittlich 200 000 Gläser Milch in ihrem Leben.

99 Prozent der Menschen bekommen Angst, wenn sie eine SMS mit der Frage »Darf ich Dir eine Frage stellen?« erhalten.

Russland ist größer als Pluto.

Der Tritt einer Giraffe
ist so kräftig, dass sie
einem Löwen den Kopf
abreißen könnte.

Bildnachweis

S. 7: Anna Hoychuk/shutterstock.com, S. 8: Valua Vitaly/shutterstock.com, S. 9: lenetstan/shutterstock.com, S. 10: unverdorben jr/shutterstock.com, S. 11: JetKat/shutterstock.com, S. 12: PeJo/shutterstock.com, S. 13: Igor Plotnikov/shutterstock.com, S. 14: Evgeny Karandaev/shutterstock.com, S. 15: wavebreakmedia/shutterstock.com, S. 16: Lario Tus/shutterstock.com, S. 17: My_inspiration/shutterstock.com, S. 18: B.Stefanov/shutterstock.com, S. 19: optimarc/shutterstock.com, S. 20: Joshua Resnick/shutterstock.com, S. 21: Iakov Kalinin/shutterstock.com, S. 22: Tom Middleton/shutterstock.com, S. 23: Champion studio/shutterstock.com, S. 24: Peshkova/shutterstock.com, S. 25: Ruth Black/shutterstock.com, S. 26: tobkatrina/shutterstock.com, S. 27: ZouZou/shutterstock.com, S. 28: Aleshyn_Andrei/shutterstock.com, S. 29: iurii/shutterstock.com, S. 30: Peshkova/shutterstock.com, S. 31: Vorobyeva/shutterstock.com, S. 32: corgarashu/shutterstock.com, S. 33: Shahid Khan/shutterstock.com, S. 34: Jannis Tobias Werner/shutterstock.com, S. 35: nito/shutterstock.com, S. 36: tororo reaction/shutterstock.com, S. 37: patpitchaya/shutterstock.com, S. 38: Olivier Le Queinec/shutterstock.com, S. 39: Jiri Hera/shutterstock.com, S. 40: Sashkin/shutterstock.com, S. 41: Africa Studio/shutterstock.com, S. 42: Korionov/shutterstock.com, S. 43: Stas Ponomarencko/shutterstock.com, S. 44: Subbotina Anna/shutterstock.com, S. 45: Elias Kordelakos/shutterstock.com, S. 46: chaoss/shutterstock.com, S. 47: BortN66/shutterstock.com, S. 48: Lukiyanova Natalia frenta/shutterstock.com, S. 49: Svetlana Lukienko/shutterstock.com, S. 50: tororo reaction/shutterstock.com, S. 51: Willyam Bradberry/shutterstock.com, S. 52: Doors/shutterstock.com, S. 53: Discovod/shutterstock.com, S. 54: TACstock1/shutterstock.com, S. 55: mavkate/shutterstock.com, S. 56: Yuriy Ponomarev/shutterstock.com, S. 57: hxdbzxy/shutterstock.com, S. 58: huyangshu/shutterstock.com, S. 59: nobeastsofierce/shutterstock.com, S. 60: Lukas Gojda/shutterstock.com, S. 61: ESB Professional/shutterstock.com, S. 62: nito/shutterstock.com, S. 63: irbis stock photo/shutterstock.com, S. 64: LMPphoto/shutterstock.com, S. 65: Antonina Potapenko/shutterstock.com, S. 66: hxdbzxy/shutterstock.com, S. 67: LilKar/shutterstock.com, S. 68: Kostenko Maxim/shutterstock.com, S. 69: Pressmaster/shutterstock.com, S. 70: KieferPix/shutterstock.com, S. 71: Lockenes/shutterstock.com, S. 72: igorstevanovic/shutterstock.com, S. 73: Marie C Fields/shutterstock.com, S. 74: Tom Tom/shutterstock.com, S. 75: Dirk Ercken/shutterstock.com, S. 76: Freer/shutterstock.com, S. 77: kuzmafoto/shutterstock.com, S. 78: Barbara Dudzinska/shutterstock.com, S. 79: smileimage9/shutterstock.com, S. 80: llike/shutterstock.com, S. 81: ESB Professional/shutterstock.com, S. 82: xpixel/shutterstock.com, S. 83: Botond Horvath/shutterstock.com, S. 84: Burlingham/shutterstock.com, S. 85: MarcelClemens/shutterstock.com, S. 86: K.A. Willis/shutterstock.com, S. 87: guteksk7/shutterstock.com, S. 88: Gustavo Fadel/shutterstock.com, S. 89: leungchopan/shutterstock.com, S. 90: Gonzalo Aragon/shutterstock.com, S. 91: Capture Light/shutterstock.com, S. 92: Nitr/shutterstock.com, S. 93: matin/shutterstock.com, S. 94: Dudarev Mikhail/shutterstock.com, S. 95: aimy27feb/shutterstock.com, S. 96: Peshkova/shutterstock.com, S. 97: Alexander Mazurkevich/shutterstock.com, S. 98: magicoven/shutterstock.com, S. 99: Africa Studio/shutterstock.com, S. 100: iryna1/shutterstock.com, S. 101: Peshkova/shutterstock.com, S. 102: Gita Kulinitch Studio/shutterstock.com, S. 103: zagart116/shutterstock.com, S. 104: Tuzemka/shutterstock.com, S. 105: Golden

Pixels LLC/shutterstock.com, S. 106: Barbara Dudzinska/shutterstock.com, S. 107: ESB Professional/shutterstock.com, S. 108: Andrey_Kuzmin/shutterstock.com, S. 109: Stephan Bormotov/shutterstock.com, S. 110: Mari Carmen G. Dugo/shutterstock.com, S. 111: ra2studio/shutterstock.com, S. 112: Nino Cavalier/shutterstock.com, S. 113: Evgeny Karadaev/shutterstock.com, S. 114: Dudarev Mikhail/shutterstock.com, S. 115: kubais/shutterstock.com, S. 116: Olga Miltsova/shutterstock.com, S. 117: Anna Maltseva/shutterstock.com, S. 118: Africa Studio/shutterstock.com, S. 119: superoke/shutterstock.com, S. 120: Deyan Georgiev/shutterstock.com, S. 121: Pressmaster/shutterstock.com, S. 122: qvist/shutterstock.com, S. 123: Ollyy/shutterstock.com, S. 124: Efired/shutterstock.com, S. 125: E. O. /shutterstock.com, S. 126: Fer Gregory/shutterstock.com, S. 127: Erwin Niemand/shutterstock.com, S. 128: Neveshkin Nikolay/shutterstock.com, S. 129: kpathyka/shutterstock.com, S. 130: Thinglass/shutterstock.com, S. 131: Wead/shutterstock.com, S. 132: Ryan Jorgensen - Jorgo/shutterstock.com, S. 133: Scorpp/shutterstock.com, S. 134: Ollyy/shutterstock.com, S. 135: Ollyy/shutterstock.com, S. 136: Alliance/shutterstock.com, S. 137: Ditty_about_summer/shutterstock.com, S. 138: Grisha Bruev/shutterstock.com, S. 139: Valery Bareta/shutterstock.com, S. 140: Janis Smits/shutterstock.com, S. 141: Jan Havlicek/shutterstock.com, S. 142: Vadim Sadovski/shutterstock.com, S. 143: Nadezhda FILINA/shutterstock.com, S. 144: nathings/shutterstock.com, S. 145: Kamira/shutterstock.com, S. 146: 333DIGIT/shutterstock.com, S. 147: Pics-xl/shutterstock.com, S. 148: photoJS/shutterstock.com, S. 149: monticello/shutterstock.com, S. 150: solarseven/shutterstock.com, S. 151: Chepko Danil Vitalevich/shutterstock.com, S. 152: Pakhnyushchy/shutterstock.com, S. 153: SJ Travel Photo and Video/shutterstock.com, S. 154: Maksim Kabakou/shutterstock.com, S. 155: worldswildlifewonders/shutterstock.com, S. 156: kungverylucky/shutterstock.com, S. 157: Iakov Kalinin/shutterstock.com, S. 158: Ollyy/shutterstock.com, S. 159: Pressmaster/shutterstock.com, S. 160: Wiratchai wansamngam/shutterstock.com, S. 161: Dan Flake/shutterstock.com, S. 162: Matej Kastelic/shutterstock.com, S. 163: Masson/shutterstock.com, S. 164: Ollyy/shutterstock.com, S. 165: Neirfy/shutterstock.com, S. 166: Pressmaster/shutterstock.com, S. 167: Pressmaster/shutterstock.com, S. 168: Andrey Bayda/shutterstock.com, S. 169: Alexandr Zagibalov/shutterstock.com, S. 170: Alexey Lysenko/shutterstock.com, S. 171: Rashevska Nataliia/shutterstock.com, S. 172: Xavier gallego morell/shutterstock.com, S. 173: TijanaM/shutterstock.com, S. 174: 312010/shutterstock.com, S. 175: JONATHAN PLEDGER/shutterstock.com, S. 176: totojang1977/shutterstock.com, S. 177: Champion studio/shutterstock.com, S. 178: Nomad_Soul/shutterstock.com, S. 179: jannoon028/shutterstock.com, S. 180: Elena Schweitzer/shutterstock.com, S. 181: hxdbzxy/shutterstock.com, S. 182: baranq/shutterstock.com, S. 183: kyrien/shutterstock.com, S. 184: Willyam Bradberry/shutterstock.com, S. 185: Andrey Bayda/shutterstock.com, S. 186: Nata789/shutterstock.com, S. 187: ESB Professional/shutterstock.com, S. 188: Lara Zanarini/shutterstock.com, S. 189: Christian Draghici/shutterstock.com, S. 190: MestoSveta/shutterstock.com, S. 191: Stocksnapper/shutterstock.com, S. 192: Brian Kinney/shutterstock.com, S. 193: anshu18/shutterstock.com, S. 194: Foodio/shutterstock.com, S. 195: zhu difeng/shutterstock.com, S. 196: Aleshyn_Andrei/shutterstock.com, S. 197: ArTDi101/shutterstock.com, S. 198: conrado/shutterstock.com, S. 199: loskutnikov/shutterstock.com, S. 200: Sergey Nivens/shutterstock.com, S. 201: Tom Wang/shutterstock.com, S. 202: Sandra Cunningham/shutterstock.com, S. 203: images72/shutterstock.com, S. 204: Nataliya Hora/shutterstock.com